JN305956

恋する猫はお昼寝中

松幸かほ

幻冬舎ルチル文庫

CONTENTS ✦目次✦

恋する猫はお昼寝中

✦イラスト・鈴倉 温

✦カバーデザイン＝久保宏夏(omochi design)
✦ブックデザイン＝まるか工房

恋する猫はお昼寝中

1

ある一人の妊婦が産み月よりも二カ月早く産気づき、一人の子供を産み落とした。

それから二十年。

未熟児として保育器に長期滞在しつつも無事成長した赤子は、立派な青年に成長していた。

「っていうわけで、光希《みつき》ちゃん誕生日オメデトー！」

上林《かんばやし》光希、二十歳《はたち》の誕生日当日は、朝からおめでとうラッシュだった。

離れて暮らす祖父母からのお誕生日おめでとう電話から始まり、両親、通っている大学の友人や先輩、そして帰宅してからは本格的な家族での誕生日パーティーなんぞが開かれ、今現在その真っ最中だ。

「ありがとうございます。おかげさまで無事成人いたしました」

クラッカーから飛び出した紙吹雪とテープを払いながら、光希はペコリと頭を下げる。

その様子が成人男子のものとは思えないほど幼く見えるのは、童顔であることに加えて、体も華奢《きゃしゃ》で小さいからだろう。

隣に座している三つ年下の弟の和晃《かずあき》が一八〇センチオーバーの長身ゆえ、その小ささが際立ってしまうのだが、今の光希は健康体だ。

今の、と但し書きをつけなければならないのは、やはり月足らずで生まれてしまったためか、幼い頃は何かと病がちだったからだ。

「本当になぁ、あの小さな赤ん坊が無事に成人か」

感慨深げに父親が呟《つぶや》く。

「隣の席に風邪《かぜ》をひいた友達がいればもれなくうつされてきて、普通なら『ちょっと熱が出ちゃって』で済むところが、『ちょっと肺炎になっちゃって』で短期入院なんてことがしょっちゅうだったあの光希ちゃんがねぇ」

母親は具体的な例まで示して共に感慨にふける。

「その節は、どうもお世話をおかけいたしました」

深々と光希は頭を下げる。

病がちだった上、光希は学年の中では飛び抜けて小さかった。

もともと光希が生まれる予定だったのは五月上旬。

だが、実際に生まれたのは三月下旬で、本当であれば一学年上になる子供たちと同じ学年になった上に月足らずなことも手伝って、本当に小さかったのだ。

とはいえ、小さいことを理由に苛《いじ》められることはほとんどなかった。

心もとないほどの小ささは、同い年の子供たちにも「守ってあげなきゃ」と思わせたらしく、どこに行っても光希は丁寧な扱いを受けた。

そして光希自身もどこかおっとりとして――と言えば聞こえはいいが、天然だ。

本人は至ってまじめなのだが、どこかずれていて、その様子も「ああ、放っておけない」と思わせ、弟の和晃にさえ、様々なことを心配される始末だったりする。

「そういえば、土曜に鳴海《なるみ》部長にお祝いしてもらうらしいな」

一通りのお祝いが終わって始まった夕食の席で、不意に父親が光希に聞いた。

「うん。遼一《りょういち》さんに会ったの？」

光希は素直に頷《うなず》いて聞き直す。

「ああ、今日会社でな。二十歳の記念に食事の時にアルコールを何かと思ってるが、飲ませても大丈夫かと聞かれたんで、何事も経験だからと言っておいたが」

「ああ、そっか。今日からお酒飲んでもいいんだ。そう思うとなんか、大人《おとな》になったって感じするなぁ」

初めてそれに気付いたように言った光希に、

「正月のお屠蘇《とそ》も口つける程度の兄ちゃんは、お酒飲まない方がいいと思うけど」

隣に座し、今日の主役よりもモリモリと料理を食べながら――いつものことだが――和晃は言う。

「だって、お屠蘇の日本酒ってなんか不思議な味じゃない？　甘いんだけどなんか違うし、ビールはお父さんの泡を舐《な》めたことあるけど、苦かった記憶しかない」

「甘いカクテルなら大丈夫なんじゃないかしら？」

そう言ってきた母親も、あまりアルコールは得意ではなく、どうやら光希は見た目もそうだが母親の遺伝子が濃いらしい。

「そうなのかな」

「まあ、これからいろいろ試せばいい。だが、くれぐれも鳴海部長に迷惑はかけないようにな」

「はーい」

そう返事をした光希に、

「遼一さん、兄ちゃんには激甘だよな」

多少呆《あき》れたように和昇は言う。

父親の言う「鳴海部長」と、光希と和晃の言う「遼一さん」というのは同一人物で、名前はそのまま「鳴海遼一」と言い、光希の父親が勤める鳴海産業の御曹司《おんぞうし》で、二十八歳という若さながら将来を嘱望《しょくぼう》され――本人いわく「御曹司ゆえのエスカレーター」らしいのだが、部長職にある。

もっとも、多少は本人の言葉通り「御曹司ゆえのエスカレーター」的に今の役職に就いたところはあるのだろうが、その手腕はやはり目を瞠《みは》るものがある、と言うのは現在、別部署ながら同じ部長職にある光希の父親の談だ。

子供の頃に出会ってから、遼一は何かと光希を可愛《かわい》がり弟のように思ってくれて、誕生日には必ずお祝いをしてくれているし、時間を見つけてはちょこちょこといろんなところに遊びに誘ってくれていた。

「俺にってだけじゃないじゃん。和晃だって誕生日にはプレゼントもらってるし、むしろ八月生まれのおまえの方が卒業と進学のお祝いも別にもらってるんだから、優遇度合いで言えばおまえの方が上だと思う」

光希はそう言って唇《くちびる》を尖《とが》らせた。その様子は「兄」の態度ではなくて、思わず微笑《ほほえ》みたくなるものだ。

「誕生日は移動できないんだから、しょうがないじゃん」

「本当に兄弟揃《そろ》って世話になり通しで……。頼むから鳴海部長と仲たがいしたりしないでくれよ。俺は今の会社で定年を迎えたいんだからな」

冗談交じりに言う父親に、光希と和晃は揃って「はーい」と返事をした。

◇◆◇

土曜日、光希は待ち合わせの美術館の前で遼一を待っていた。

到着して五分ほどした頃、美術館前の長いアプローチを歩いてくる遼一の姿を見つけて、光希は手を振った。

それに遼一は笑みを浮かべ、少し足を速める。

一八〇センチオーバーの和晃よりもまだ少し背が高く、それだけでも目立つのだが、それ以上に目立つのはその華やかな容姿だ。

学生時代から幾度となく芸能事務所にスカウトをされ、その現場に光希も一緒だったことも数回ある。

その都度、そういうことを許可する家ではないし、自分自身興味がないのでと断る遼一をもったいないなぁと思った。

その容姿は今も健在で、むしろ年を重ねるごとに魅力的になっている気がする。

現に居合わせた周囲の人間がつい視線を奪われているほどだ。

「ごめん、待たせた？」

だが、そんな視線など気にする様子もなく、遼一は光希に笑顔で問いかける。

「ううん、さっき来たところだよ」

「本当に？」

少し首を横にして問う遼一に、光希は笑みを浮かべ、頷いた。

「うん、本当。四十七分に着く電車で、ここまで歩いて五分くらいだから」

光希が言うと遼一は安堵《あんど》したように息を吐く。

「よかった。少し家を出るのが遅くなったから……」

「そんなに心配することないのに。今で丁度待ち合わせの時間だよ？」

光希はそう言って腕時計を見せる。時計の針は待ち合わせの午後二時を指したところだった。

だが、遼一は時刻よりも別のことに気付いたらしい。

「その時計、まだしてくれてるんだ」

嬉《うれ》しそうに言う。

「うん、時間が見やすくて凄《すご》く気に入ってるから」

「そう言ってもらえると、贈った甲斐《かい》があるね」

遼一の言葉通り、それは大学に合格した時に遼一からプレゼントされたものだ。

父親が驚いていたのでかなりの値段のものだとは思うが、調べたり聞いたりはしなかった。

値段を知ってしまうとつけることが怖くなるかもしれないと思ったし、つけなければ遼一が悲しむからだ。

中学生の頃、遼一から万年筆をもらった。

遼一が中学に入学した時に、父親から好きなものを買いなさいと言われて買ったものらし

く、それで魔法のように綺麗《きれい》な字を書くのを見るのが光希は好きだった。

いつの間にか光希の中で万年筆は特別なアイテムとして刷り込まれていて、光希も中学生になったら遼一のように万年筆が欲しいなと思っていたのだ。

いや、遼一に多分言ったのだろう。

それを覚えていて、遼一は光希が中学生になった時に、お下がりで悪いけど、とその万年筆をくれた。

既に廃番商品になっていて、手に入らなかったからと言っていた。

大好きな遼一から、遼一の使っていたあの特別な万年筆をもらえた、というのが嬉しくて仕方がなかったのだが、父親に報告すると青ざめてすぐに返しなさい、と言われた。

正確な値段は分からなかったが、二桁万円の商品であることだけは間違いなかったのだ。

それで、次の日にやっぱり受け取れません、と父親と一緒に返しに行ったが受け取ってはもらえず、結局そのままもらうことになったのだが、値段を知ってしまうと使うのが恐れ多くて箱に入れて時々見るだけになってしまった。

それを知った遼一に、

「プレゼントしたものを使ってもらえることが嬉しいんだよ」

と困った顔をされてしまった。

それ以来、プレゼントされたものはちゃんと使うようにしている。

「気後れせずに使える値段の物を」と伝えてはいるのだが、遼一の「気後れしない値段」と光希の「気後れしない値段」の間にはかなりの差があるのは承知の上なので、調べないことにしているのだ。

もちろん、お返しに遼一の誕生日などにはプレゼントをするのだが、遼一はたいていの物をすでに所有していて、何がいいか分からず、毎回何がいいかと聞く。だが、

『じゃあ、一日俺の相手をしてくれる？』

などと言って、どこかに遊びに連れていってもらって――その時の、たとえば映画館や遊園地の入場料や、食事代なども結局遼一が出してしまって、お返しをしている気分になれない。

じゃあ、何か品物で欲しいものはないかと聞いたら、光希が携帯電話につけていた何の変哲もないストラップが欲しいと言ってきたりで、不調だ。もちろん、そのストラップは渡して、今は遼一の携帯電話についている。

大学生になって、やっと遼一の誕生日に出かけた時のお茶代ぐらいは出させてもらえるようになったのだが、正直「してもらいすぎ」感が否めない。

それが気になって去年あたりに正直に言ったら、『出世払いを期待してる』とはぐらかされた。

――そりゃ、僕みたいな子供からのプレゼントなんか、でさたところで知れてるって言え

ば知れてるし、遼一さんくらいになると欲しい物は大体何でも手に入っちゃうしな……。

そう思うとますます何をプレゼントすればいいのか分からなくなって、お手上げだったりする。

「じゃあ、そろそろ行こうか」

遼一はそう言って光希の手を握り、美術館の方へと歩いていく。

小さくて、ぽやんとしている光希は、子供の頃「気がつけば迷子《まいご》」という状況に陥ることが多く、そのため手をつなぐのがお約束のようなものだった。

その時の習慣が今になっても抜けず、もう迷子になるような年齢でもないのに、必ず遼一は光希と手をつなぐ。

「もう、迷子になったりしないのに」

そう言いつつも、光希もつないだ手を離そうとはしない。

もうそれが当然で——和晃にも人込みの中ではそうされるし——慣れてしまっているからだ。

その手も、美術館の中に入ると離された。

迷子になったとしても館内だけの話だし、仮に迷子になったら出口のあたりで待っていれば必ず会えるのでそうするというのがいつの間にかできたルールのようなものだ。

「今日は、浮世絵なんだ」

美術館の中に入って並べられている絵画を目にした光希は呟くように言った。

「正確には日本画、かな。室町から江戸までの美の変遷をたどるっていう催しみたいだよ」

半券に書かれていたタイトルを読み上げた遼一は少し間を置いてから、

「光希はあんまり興味がないかもしれないね、こういうの」

少し申し訳なさそうに言う。

それに光希は少し考えるような間を置いてから、頭を横に振った。

「ううん、そういうわけでもない…と思う。あんまりちゃんと見たことないけど、見たら多分いろいろ思うことはあると思うし。遼一さんは、好きなの？」

「どうだろうね。実はチケットをもらったんだ。今度また会食をする予定の相手だから見ておかないといけなくて、今日しか日がなかったから……光希の誕生日祝いのつもりだったのに、ごめん」

謝る遼一に光希はまた頭を横に振る。

「ううん、全然。見たら興味が湧《わ》くことはいっぱいあると思うよ」

光希の言葉に遼一はほっとした表情になった。

「ありがとう」

だが、礼の言葉が何に対してなのか分からず光希は首を傾《かし》げる。そんな光希に微笑みを浮かべ、

「順番に見ていこうか」

遼一は光希と一緒に最初の絵からゆっくりと鑑賞し始めた。

光希は絵画についての素養はほとんどなく、学校の教科書に載っていたレベルの知識のみなのだが、遼一は違う。

鳴海産業の次代を担う者として、勉強はもちろんのこと教養面も英才教育されて、多くの分野において一定レベル以上の知識はある。

その遼一が光希に解説してくれるので、ほとんどすべてが初めて見る絵だったが興味を持って鑑賞することができた。

たっぷり二時間かけて美術館を出た後、お茶を飲みに近くの喫茶店に入り、その後夕食までデパートで買い物をすることになった。

買い物と言っても、光希は基本的に物欲が薄い。

というか、同年代が興味を示すファッションや遊びへの興味が薄いので、欲しいと思える対象が少ないのだ。

今日も店内を一緒に見て回り、春物のコートやジャケットはどうだ、とか靴は欲しくないのか、とか遼一は何かと聞いてくれるのだが、特に欲しいと思える物がなかった。

いや、いいなと思うものはあったのだが、手持ちの物で充分なので、特に買う必要を感じなかったのだ。

「光希はそのうち、霞《かすみ》を食べて生活できちゃうんじゃないかと思うよ」

結局何も買わずにデパートを出た時、遼一はそう言って苦笑した。

「霞……は無理じゃないかなぁ。まあ水分を含んだ気体だから水として捉えるなら必要なものだけど…おいしいもの、好きだし」

食は細い、と言われることが多いが、不食は絶対に無理だし、おいしいものも好きだから、霞を食べて生活をするのは無理だろうなと思う。

もちろん、そういう体になれたらいろいろと便利というか、楽なのかもしれないが、やっぱりおいしいものは食べたい。

「光希、霞を食うっていうのは物の喩《たと》えとしての話だから、本気で検討しちゃだめだよ？」

遼一のその言葉に光希は、え？　というような顔をした。その様子に、

「ちょっと本気にしてた？」

そう言って遼一は軽く光希の頭を撫《な》でる。

「本気って言うか……霞を食べるだけで満足できたら楽なのかなとか、ちょっと考えてただけだよ？」

「うん、そういうの本気にしてたって言うような気がする」

少しからかうような口調で言った後、

「さあ、光希の好きなおいしいものを食べに行こうか」

遼一は光希の手を取り、歩き始めた。

遼一が予約をしていたのは、一流と呼ばれて久しいフランス料理の店だった。

ここに光希は何度か来たことがある。すべて、遼一に連れてきてもらったのだが。

初めて来たのは高校一年の終わり、十六歳の誕生日だった。

誕生祝いと「そろそろマナーレッスンを」ということで、連れてこられて、その年から誕生日と言えばこの店だった。

「とうとう二十歳だな」

注文を終え、二人きりになってやゃしてから遼一は感慨深げに言った。

通されたのは常連の中でもVIP客用の個室で、毎年この部屋を用意してくれている。もっとも遼一と一緒だからであって、光希が家族と来てもここに通されることはないだろう。

そもそも家族でこの店に来ること自体ないだろうが。

「おかげさまで、成人です」

「あんなに小さかった光希が、と思うと……不思議な気がするな」

「遼一さんも、多分あの頃は小さかったんだよね。ずっと大きいイメージしかないけど」

光希は初めて会った頃を思い返しながら言う。

「今の身長のままじゃなかったことだけは確かだな。まだ小学六年生だったから」

「でも、大人の人みたいだったよ」

光希は言う。

初めて遼一と出会ったのは、光希が三歳の時だ。

父親の勤めている鳴海産業では福利厚生の一環として、年に一度社員の家族を招待してのパーティーが行われる。

その規模は支社などによって違うが、光希の父は本社勤務で、本社のパーティーは大規模で豪華だ。

ホテルのバンケットルームをすべて借り切って行われるその催しに、その年、光希は父親と二人だけで出席した。

母親は弟の和晃を出産して間もなくで、実家で静養中だったからだ。

光希はずっと父親と一緒にいたが、途中で父親が上司と話し始め、光希は少し退屈になってしまった。

そして視線を巡らせた先に、子供たちが多く集まっている場所を見つけた。

社員の多くが家族を連れてきていて、彼らが連れてくる子供たちが退屈しないようにと、会場内にはキッズスペースのようなものがちゃんと用意されていた。

紙芝居や手品、パントマイムなどが披露されており、光希はそれを見ていた。その途中でおなかがすいてきて、ふと見ると中学生くらいの少女がテーブルの上に置かれているお菓子を取って食べていた。

当然、見れば欲しくなる。

光希はそのテーブルに近づいたが、光希の身長では背伸びをしてもテーブルの上に置いてあるものが見えなかった。

ピョンピョン飛び跳ねて、イチゴの載ったプチケーキがあるのが見えたので、それを取ろうと一生懸命背伸びをしてこのあたりかな、と予想をつけて手を伸ばしたが、いかんせん、腕も短い。

まったく届いておらず、それでも何とかしようと頑張っていると、

「何が欲しいの？」

声をかけられた。

その声に光希が顔を向けると、そこにいたのは王子様だった。

正確に言えば、持っている絵本の挿絵に描いてあった王子様のように綺麗で格好いい少年が立っていた。

光希は口をポカンと開けて、彼を見上げるだけになった。

彼はふっと笑うと光希の体を抱き上げて、

「何が欲しかったのかな」

机の上のお菓子が見えるようにしながら聞いた。

そこには今まで見たことがないような、いろいろなお菓子があった。

プチケーキも光希の日当てのイチゴの物以外にもたくさんあって、光希は目を輝かせる。

「けーきいっぱい！」

「ケーキがいい？　どれを食べる？」

「いちごのと、もっとあかいのと、だいだいいろの」

イチゴしか分からない光希は、色で欲しい物を指定する。

「分かった。じゃあ、ちょっと待って」

少年はそう言うと光希を一度下ろして、テーブルに用意されている取り皿に光希の言ったケーキを載せる。

「これでいいかな？」

そう言って取ったケーキを見せられて、光希はパァァっと顔を輝かせた。

「あっちにイスがあるから、そこで食べようか」

少年は片手に光希のケーキを持ち、もう片方の手で光希と手をつなぐと、すぐ近くの窓際に用意されているイスへと向かう。

そのイスに座らせてもらい、光希はお日当てのイチゴのケーキを口いっぱいに頬張《ほおば》った。

プチケーキと言っても、光希の口にはあまる大きさで、口の周りが生クリームで汚れるがそんなことはまったく気にならない。

「おいしー」

おいしくて、おいしくて、光希は足を激しくぶらぶらさせる。

「そう、よかった」

少年は光希が満面の笑みなのを嬉しそうに見守り、光希が三つのケーキを食べ終えると、持っていたハンカチで光希の口の周りを綺麗に拭いてくれた。

その後も一緒にいて、名前や年齢を聞かれて答えたり、好きな絵本の話をしたりしていると、

「光希、ここにいたのか」

姿の見えなくなった光希を探して父親がやってきた。

「おとーしゃん」

「お父さん？」

少年が光希に確認するように聞く。それに光希は、うん、と頷いた後、

「あのね、けーきたべたの。すごくおいしーの」

嬉しそうに報告する。

「そうか、よかったな」

父親はほっとした顔を見せながら光希の頭を撫で、少年を見た。

「光希を見ててくれたのかな」

「はい」

「ありが……」

ありがとう、と父親が言いかけたその時、

「遼一、ここにいたのか」

さっき光希の父親が言った言葉を、名前部分だけを変えたそっくりそのままを誰かが言った。

その声の人物を見て、光希の父親は固まり、

「父さん」

少年がその人物をそう呼ぶのを聞いてさらに固まった。

そこにいたのは、鳴海産業の社長である鳴海嗣彦《つぐひこ》だったからだ。

本社勤務といえども、一介の社員に過ぎない光希の父が社長を生で見る機会は限られている。その限られた機会でも、遠目に見る程度のことで、こんな至近距離で会うことなど初めてだった。

「何か御用ですか？」

「いや、姿が見えなくなったからどこへ逃げたかと思っただけだ」

「ここで小さなお客様と一緒に休んでいただけです」

少年はそう言って光希をそっと紹介する。

「光希ちゃんです。それから、光希ちゃんのお父様」

続いた紹介の言葉に誘導されて、嗣彦の視線が光希の父親を捉える。

個人認識された瞬間、光希の父親は深々と頭を下げた。

「はっ、はじめましてっ」

勤め先の社長にする挨拶ではない。

だが、完全にテンパって、それ以外の言葉が出てこなかった。

「ああ、頭を上げて。すまないが名前を教えてもらえないか」

「上林です。総務課に所属しております！」

「上林くん。それから娘さんかな？」

嗣彦は光希を見て問う。

「はい……っ……あ、いえ！　息子《むすこ》です」

動揺を隠せない父親は光希の性別すら間違う有様だ。

だが、息子と聞いて嗣彦と、それから少年も目を見開いた。

「え？」

「光希ちゃんじゃなくて、光希くんだったの？」

少年は聞いたが、光希はきょとんとしている。

家では母親に「光希ちゃん」と言われているし、よく行く公園でも友達はみんな「光希ちゃん」と呼ぶから、何を聞かれているのか光希は分からなかったのだ。

「可愛いからお嬢さんかと思ったよ。遼一もそうだろう？」

そう聞かれ少年も頷く。

「ズボン姿…ではありましたけど、可愛い洋服なので」

裾《すそ》にフリルのついた黄色い水玉のカットソーに、メロングリーンのコットンパンツ。履《は》いている靴もくまさんの絵がついたものな上に、光希の容姿は可愛い女の子と言ってまったく問題のないものだった。

「可愛いお子さんだ」

嗣彦はそう言った後、

「これは息子の遼一です」

光希の父親に紹介する。

「はじめまして、上林です」

光希の父は遼一に対しても深々と頭を下げた。

「こちらこそ、はじめまして」

遼一も深々と礼儀正しく頭を下げた後、

「この後、パーティーが終わるまで光希ちゃ……光希くんと一緒にいてもいいですか？」

光希の父にそう聞いた。

社長の目の前で、社長の息子の頼みを断ることなどできない。

それに断らなければならないようなたぐいの申し出ではなかったため、光希の父親はどうぞどうぞとほぼ二つ返事で、本当に光希はパーティーの終わりまで遼一と一緒にいた。

王子様のような遼一と一緒にいられるのは光希にしてもとても嬉しいことで、嬉しすぎて、パーティーが終わってお別れの時には号泣したくらいだ。

遼一も、光希と一緒にいて楽しんでくれたらしく――意味不明な三歳時の行動が面白かっただけかもしれないが――嗣彦いわく、

「母親を亡くしてから、あんなに楽しそうな顔をしている息子は見たことがない」

だったらしい。

遼一が母親を病で亡くしたのは十歳の時で、最初は目に見えて落ち込んでいるのが分かったが、半年もすれば表面上は「普通」だった。

その「普通」が作られたものであることには気付いていても、仕事が忙しい嗣彦は充分な時間を作って遼一に寄り添ってやることはできないでいた。

そんなことや、光希が遼一から離れようとしなかったこともあって、その夜、光希は遼一と一緒に鳴海のお屋敷にお泊まりすることになった。

それ以来、光希はたびたび遼一のところに――和晃が大きくなってからは和晃も一緒に遊

びに行くことになり、それが二十歳になる今も続いているのだ。


「和晃くんは今年受験だね。進路はもう決めてるのかな」

　運ばれてきた食事をしながら、遼一が聞いた。

「んー……、なんか去年からもうバレーボールの方でどっかのチームと大学から勧誘が来てるらしいんだけど、本人は進学希望っぽくて、推薦じゃなくて普通に受験して行きたいところがあるみたいな感じ。どこかっていうのは聞いてないけど……」

「へぇ、そうなんだ。……何を専攻するんだろうね」

「分かんない。和晃は基本的に何でもできちゃうから……」

　そう言った光希に遼一は笑う。

「光希も、どの教科もちゃんとできてたよ。数学が突出してたから、そこだけが目立ったけれど。大学はどう？」

「三年前期の履修講義を春休み中に決めなきゃいけないんだけど……ゼミを取るか、それとも後期まで延ばすかでちょっと迷ってて」

　少し唇を尖らせて、光希は首を傾げる。

「所属したいゼミが決まってないんだ？」

「んー、候補は二つあるんだよね。幾何学と解析学。幾何の菅《すが》教授には一年の基礎数学の頃から研究室に遊びに行ってるし、幾何も好きだからそのままお世話になりたいかなって思ってるんだけど、解析学の島田《しまだ》教授にも誘われてて……そっちもおもしろいから、決めかねてて」

春休みが終わると光希は大学三年になる。

数学科に在籍して学んでいるのだが、周囲の生徒の大半が二年の半ばあたりから自分の専攻分野を決めていたのに対して、光希は何も決められないでいた。

「ゼミの決定って春休み明けたらすぐ？」

「うちは三年前期からゼミへの所属が許可されるから、決めちゃってる子はもうすぐにゼミに入るんだけど、決められなかったり、他の講義と重なるからそっちを優先したいって場合は後期からでもいいってことになってて……。四年になったら絶対決めなきゃいけないんだけどね。実は別に取りたい前期開催の講義がゼミとかぶっちゃうから、ゼミを後期に延ばそうかと思ったりしてて」

光希の返事に、

「後期にゼミを取ることで、前期からゼミに入る子たちとの間にどれくらい差が出るんだろうね。取りたい講義を受けてその知識を得るメリットとの差を考えてから、前期からゼミに所属するかどうかを決めればいいんじゃないかな」

「メリットの差、か……」

光希はそう言って、うーん、と首を傾げる。そんな光希に、

「ゼミをどっちにするか、は専門外の俺にはいいアドバイスはあげられないけど……ミレニアム問題だっけ？」

唐突に遼一は聞いた。

「ミレニアム懸賞問題？」

「そう。それを解くなら、何が一番いいのかな。一つは確か幾何で解かれたんだっけ？」

「うん。ポアンカレ予想っていう問題。ロシアのペレルマンっていう数学者が解いたんだけど、それまでいろんな分野の人が挑戦しては挫折して、まさか幾何で解かれるとはって感じだったみたい。その当時は幾何は主流じゃないっていうか、ちょっと時代遅れっぽいみたいな見方されてたらしくて。その解答っていうのが本当に凄く複雑で、正しいかどうかの分析に二年か三年くらいかかったって」

生き生きとして光希は話し出す。

ポアンカレ予想が解かれた際、テレビで特番が放送された。

子供だった光希はそのテレビを見ても何が何だかさっぱりだったが、とりあえず「難しい問題を解くと物凄くたくさんのお金がもらえる」ということだけは理解できた。

もし、賞金が手に入ったら、お菓子をたくさん買おう！　と子供らしい夢を持った光希は

勉強を頑張った。たまたま才能が理数向きだったこともあり、あっという間に光希は数学の世界にハマったのだ。

「まだあと六問、解かれてないのがあって……」

光希がそう言った時、遼一の携帯電話が鳴った。

その音に遼一は小さくため息をつくと、

「ちょっとごめん」

光希に謝って電話に出た。

「どうかしましたか？　……ああ、その件か。変更？　ちょっと待って、確認する」

遼一は立ち上がると、個室に設《しつら》えられているクロークに向かい、そこに置いていたカバンの中から手帳を取り出した。

「その日なら大丈夫だ。……いや、かまわない。出られない状況なら電源を落としてるよ」

笑みを含んだ声で言った遼一は、じゃあ、と言葉を添えて電話を終える。

クロークからテーブルへ戻ってくる遼一に光希は聞いた。

「仕事、忙しいの？」

光希のその問いに、遼一は光希のそばに来ると足を止める。

「忙しくないと言ったら嘘《うそ》になるけど、忙しいかと聞かれたら、さほどでもないって答える程度かな」

遼一の言う「さほどでもない忙しさ」がどの程度なのか、光希には見当がつかない。

「……体に気をつけてね」

とりあえず、病気や怪我が怖いのでそう言ってみる。それに遼一は嬉しそうに笑いながら、

「光希もね。数学の問題を解き始めたら時間が過ぎるのを忘れちゃうんだから」

そう言って光希の頭を撫でた。

子供の頃から遼一はよく光希の頭を撫でてくれる。

もう大人になったんだから、とは思うものの嫌ではないというか、撫でられると胸のあたりがほわっとするから、好きだ。

「ああ、そうだ」

元のイスに座ったところで、遼一は思い出したように言った。

「何？」

「オペラのチケットをもらったんだ。光希の都合がよければ一緒に行かないか？」

「何のオペラ？」

少し首を傾げて光希は問う。

「トスカだったと思うよ」

「……最後に恋人の後を追って飛び降り自殺するやつだっけ？　恋人の銃殺刑を取りやめさ

せるはずだったのにできなくて、自分がそのために人殺しまでしたのがばれちゃって、結局死んじゃったみたいな」

記憶を掘り返して聞くと、遼一は苦笑した。

「身も蓋《ふた》もないな、確かにそうだけど。再来週の金曜の夜だから、空けておいてくれる？」

「うん、分かった」

「次に会う時はもう大学が始まってるな。光希がどんな選択をしたのか、ゆっくり聞かせてもらうよ」

そう言う遼一に、光希は自分の履修問題を思い出して「ああ……」と眉根《まゆね》を少し寄せて、困った顔をする。

そんな光希に、遼一はただ笑った。

2

春休みがあっという間に終わり、新学期が始まった。

春休みの間中悩んでも答えの出なかった履修問題だが、結局光希は前期はゼミを取らずに、取りたかった別の講義を取り、ゼミ所属は後期からにすることにした。

そして後期から取るゼミも、もう決めた。幾何学の菅教授のゼミだ。

「上林君、和訳どこまでできたかね」

講義の空き時間、菅の研究室で英語の論文の和訳を手伝っていた光希は、講義を終えて戻ってきた菅に進み具合を聞かれた。

「はかばかしくないですね。今、やっと七ページ目です」

光希のその返事に菅は目を細めた。

「いやいや、上出来すぎるくらいだよ」

「そうですか?」

「できたところまで見せてもらっていいかな」

そう言われて、光希は訳をまとめたレポート用紙を菅に手渡す。菅はそれを受け取ると、よいしょ、と小さく掛け声をかけてイスに座し、老眼鏡をかけて読み始めた。

菅は七十歳を超える年齢で、頭髪が見事なくらいに真っ白なおじいちゃんだ。

一年の終わり、菅の講義で疑問に思ったことがあって、研究室に質問に行った。

その質問内容を気に入ってくれたらしく、それから何かと目をかけてもらうようになった光希は、研究室に遊びに行くようになった。

お茶を飲んでお喋《しゃべ》りを――数学に関係した以外のことも――するだけのこともあったし、講義で使うプリントの作成を手伝ったりするうちに、ゼミ所属と変わらない状況になっていた。

そのことが菅教授のゼミを取ることに決めたポイントの一つだ。

遼一からアドバイスされた「前期からゼミに所属する生徒との差」ということを考えた時に、普段から出入りしている菅ゼミならあまり差は出ないと思ったし、何より菅と一緒にいるのは楽しい。

解析学の島田が楽しくないというわけではなくて、より好きなのは菅というのが一番しっくりくるだろう。

「ん……申し分のない訳だと思うよ」

訳しておいた場所まで目を通し終えた菅がニコニコしながら言う。

「そうですか？　ありがとうございます」

光希も笑顔でそう返すと、

「いやいや、礼を言うのはこっちの方だ。上林くんがいてくれるおかげで私も随分と仕事がはかどるよ。いろいろ雑用を押しつけて申し訳のない気持ちにもなるがね」

菅が少し苦笑いというような顔をした。

「いえ、勉強になるので、僕としても一石二鳥です」

光希がそう返した時、

「おはようございまーす」

という声とともに研究室のドアが開けられた。

入ってきたのは菅の研究室に所属している大学院生の澤口《さわぐち》だ。

「あ、澤口さん、おはようございます」

光希は笑顔でそう返す。

別に朝ではないのだが、光希の通う大学では、最初に会う時には「おはよう」か「おつかれさま」と挨拶《あいさつ》をするのが普通の光景だ。

最初は奇異に思ったものだが、すっかり慣れてしまった。

「おー、光希がいた。ツイてるな、今日は」

スーツを身にまとった澤口はそう言いながら研究室の中に入ってくると、光希の隣に腰を下ろした。

「澤口くん、今から面接かい？」

菅が問う。

「いえ、面接は午前中にこなしてきて、これから別の会社の説明会なんですけど、ちょっと時間が空いてしまうんです。それで、通り道だったから学食へ行って昼飯食ってきたんです」

澤口は修士課程の院生だが、家庭の事情もあって博士課程に進むことは諦め、就職活動をしているところだ。

「手ごたえはどう？」

菅に聞かれて澤口は少し眉根を寄せる。

「まだ始めたばかりで言うのもなんですけど、厳しいですね。研究職で探してるんですけど、どこの企業も狭き門ですし」

「研究部門自体を縮小している企業も多いだろうしね」

「ええ」

そう言った澤口は不意に光希の頬に両手を伸ばすと、ムニムニと頬を軽くつまむ。

「…あー、和むわ。やっぱり寄ってよかった」

光希の頬が膨らんでいるというような特徴はないのだが、なぜか触りたくなるらしい。

「僕の頬が伸びてブルドッグみたいになったら、四割くらいは澤口さんの責任だと思います」

光希はされっぱなしになりつつ、そんなことを言う。

「残りの六割は？」

「三割五分が甲斐《かい》さんで、一割五分が深川《ふかがわ》さんです。残りの一割は加齢によるものになると思いますけど」

光希の頬を触って遊ぶ他の先輩たちの名前を上げて、最後には一応自分の責任も付け足してみる。

「加齢って、二十歳になったばっかりで怖いこと言うなよ。でも、さすがに四割も俺かと思うと責任感じるからこの辺でやめとくかな。名残惜《なごりお》しいけど」

澤口はそう言うと頬をつまむのをやめ、立ち上がった。

「さて、そろそろ行ってきます」

「ああ、頑張っておいで。まだ始まったばかりだから、そう気負うことはないよ。どうしても難しいとなったら、多少薄給になるが知り合いの研究室を紹介するから」

その菅の言葉に澤口は少し笑みを見せた。

「受け皿があると思えば頑張れます。ありがとうございます」

「気をつけて行ってきてくださいね」

光希がそう言うと、澤口は軽く光希の頭を撫でる。

「ありがと。じゃあ、行ってきます」

そう言い残して澤口は研究室を後にした。

「就職活動って、厳しいんですね……」

光希は呟くように言った。

「一時期よりはましになったとは言え、決して楽ではないだろうね。特に研究職となると」

菅の言葉に光希は急に不安になった。

「僕、先のことを何も考えてないです。やっと、前期の履修届を提出できたーって喜んでたレベルだし……」

自分としてはそれだけでも進歩なのだが、世間の尺度からすれば、本当に目の前のことしか見えていないということになるのだろう。

「院に進むつもりなんじゃないのかい？」

そう聞かれて、光希は頷く。

「今のところ、そのつもりではあるんですけれど……」

大学院に進んで、できれば博士課程まで行って好きな数学に没頭したいと思っている。

先のことについて両親とちゃんと話したことはないのだが、光希がその希望を口にしたとしても驚かないような気がする。

だからこそちゃんと話したことがないわけなのだが、もしかしたらいいよと言ってもらえない可能性だってあるのだ。

澤口にしてもこのまま大学に残って研究を続けるつもりだったのに、詳しくは知らないが家庭の事情でだめになってしまったのだから、光希にだって何が起きるか分からない。

そう考えると、自分の思っている先の計画は計画ではなくてただの「夢」でしかないのだと思えて、急に足元をすくわれてしまいそうな怖さに襲われたのだ。

「上林くんのような優秀な生徒には是非とも研究を続けてもらいたいね。私の研究室に助手として残ってくれれば尚《なお》のこと嬉しいんだが」

菅は笑ってそう言ってくれる。

前期はゼミを取らないと言った時、菅は物凄くがっかりした様子を見せ、後期からお世話になりますと告げると本当に喜んでくれたので、助手としてというのは多分ある程度は本気にしてもいい言葉なのかもしれない。

もちろん、まだ大学三年という立場では、そんなことはまだまだ先の話だが。

「まあ、家庭の事情が許す限り、自分に最善だと思う道をゆっくり考えなさい」

「……ありがとうございます」

「その考えの合間に、和訳の続きを頼めるかな」

いたずらな笑みを浮かべて言った菅に、光希は笑う。

「はい、将来の助手の座を確保するために頑張ります」

そう言って論文の和訳の続きを始める。

だが、頭の片隅には「自分の将来」についてのことがちらついて、なかなか集中できなかった。

◇◆◇

数日後、光希は遼一と出かけた。

誕生日を祝ってもらった時に話していたオペラを鑑賞するためだ。

この前の美術館もそうだが、こういう芸術系の催しは昔から大体遼一に連れてきてもらうことがほとんどだ。

遼一にとっては「教養を身につけるための勉強として」だったのだろうと思う。

そこに自分が一緒に連れられていくことになった理由を光希はよく知らないが、今もその延長のようなものだ。

だが、そのおかげで光希はいろいろな芸術に触れて育つことができた。

もちろん、和晃も一緒の時もあったのだが、体を動かすことの大好きな和晃は、じっと座って何かを見ているのは苦手で次第に足が遠のき、遼一と二人で出かけることがほとんどだ。

「光希、お茶を飲みにロビーへ行かないか？」

幕間休憩に入り、遼一は光希に声をかけた。

その声に光希ははっと我に返る。

「あ…うん」

「随分と見入ってたね」

光希の様子に少し笑って遼一は言う。

「うん……前にも見たことがあるのに、なんていうか今日のは凄く引き込まれちゃって」

今日の演目の「トスカ」は二度目だ。中学生の時にも一度、やはり遼一と一緒に見た。

その時も歌の素晴らしさや、物語の展開に引き込まれたが、今夜ほどではなかった。

前は演目内容に対して自分が幼すぎたせいだろうかと思った時、

「予備知識があると、ついそう思って見ちゃうだろうと思って言わなかったんだけど、今夜のトスカ役は『トスカを演じるために生まれてきた』と言われている歌手なんだよ。それでかもしれないな」

遼一はそう言った。

「そうだったんだ……」

「まあ、それがすべての理由だとも思わないけどね」

遼一は先に立ち上がると、はい、と光希へと手を差し出す。

いつものことなので、素直に手を借りて席を立つ。

今夜の席は二階の桟敷席《さじきせき》で、立ち上がると一階席がよく見えた。

座席に客はまばらで、つまり休憩に入ってロビーに出た客が多いということだ。ようするにロビーは混雑している、ということで、やはり迷子防止に手をつないだままでロビーに出た。

予想した通り、ロビーは休憩に出てきた客でごった返していた。

だが、この劇場には特定の公演に限って特別ラウンジが設けられる。

高いランクのチケットの客がゆっくりと過ごせるようにと設けられており、今夜の席のチケットもそこを利用できるものだった。

用意されたイスには先に出てきた客が座っていたが、混雑しているという感じはなかった。

「光希、飲み物もらってくるよ。何がいい？」

「温かい紅茶がいい」

「分かった。じゃあ、ここで待ってて」

光希にそう言い置いて、遼一は飲み物を提供しているカウンターへと向かう。

その姿を光希は目で追った。

――本当に格好いいな……。

初めて会った時に王子様だと思ったが、それは今でも変わらない。

遼一はいつでも格好よくて、王子様みたいだと思う。

王子様のようなのは見た目だけではなくて、とても優しいし、頭もいいし、中身も王子様と呼ぶのにふさわしいと思う。

というか、いきなりある日どこかの国から使者が来て「我が国の王子」なんてことが起きても驚かない。

いや、実際にはきっと驚くと思うけれど、納得するだろうなと思う。

絶対に起こらないことだが。

そんなことを考えていると、飲み物を手に遼一が戻ってきた。

「何かあった？　俺をずっと見てたけど。他にも欲しい物あった？」

「ううん。格好いいなーって思って見てただけ」

思っていたままを口にすると、遼一は笑った。

「それは光栄。熱いから気をつけて」

そう言って、光希に紙コップに入れられた紅茶を渡す。

「ありがとう」

「どういたしまして」

遼一はそう返すと、自身が注文したコーヒーを口に運ぶ。

普通に飲んでいるだけなのに格好よくて、やっぱり王子様だなぁ、とぼんやり思っていると、

「鳴海くん」

不意に遼一を呼ぶ声が聞こえた。

その声に遼一は視線を向け、光希もその声の人物を見た。

そこにいたのは、遼一と同じくらいの年齢の美しい女性だった。

腰のあたりまである艶《つや》のある明るい色の髪は裾で柔らかく巻かれ、とても華やかだが、まとっているダークグレーのスーツが落ち着きを添えていた。

「吉川《きっかわ》」

驚いたように名前を呼んだ遼一に、彼女は薄く笑う。

「しばらくぶりかしら？」

「二ヵ月ほどかな。吉川が忙しいから」

そう返した後、遼一は光希へと視線を向けた。

「紹介しておくよ。大学時代の友人で吉川詔子《しょうこ》さん。フリーランスで通訳をしていて、うちの会社でもお世話になってる」

「はじめまして、吉川です」

吉川はそう言って会釈を寄こしたが、

「はじめまして、上林光希といいます」

光希が名乗ると、驚いた顔を見せた。

「上林…光希、さん？　もしかしてあの『ミツキちゃん』かしら？」

いたずらっぽい笑みを浮かべて詔子は遼一を見る。

「そう、あの光希だよ」

遼一は苦笑するが、光希はなにが『あの』なのか分からなくて困惑する。そんな光希に、

「ごめんなさい。鳴海くんが昔からよくあなたのことを話していたものだから……」

吉川はそう説明した。

「変なことは話してないから安心していいよ。せいぜい可愛いと自慢したくらいだ」

軽い口調で言う遼一に、光希はどう返していいか分からなくて、曖昧《あいまい》に笑う。

「今日は一人で？」

遼一は吉川に聞いた。それは「何か用事があるのか」というのと同意だったのだろう。

「いえ、仕事よ。クライアントと一緒に来ているんだけれど、知り合っておいた方が今後互いにいいんじゃないかと思って。……ドイツの工業製品を扱う会社のＣＥＯなの」

「なるほど。確かに名刺交換をしておいた方がよさそうだ」

「プライベートで来ていらっしゃるところで申し訳ないんだけれど」

そう言って吉川は光希を見る。それに光希は軽く頭を横に振ってから、遼一を見た。

「遼一さん、行ってきて」

光希が言うと、遼一は手にしていたコーヒーを光希へと渡した。

「ありがとう、少し行ってくる」

「ごめんなさいね」

吉川は申し訳なさそうに光希に謝ると、遼一とともに自分の客の元へと向かった。

その客は五十歳前後の外国人だった。

そういえばドイツの工業製品を扱う会社の人だと吉川が言っていたのを光希は思い出した。

――じゃあ、ドイツ語話せるんだ、あの人。

美人で頭がよくて、今ほんの少し話しただけだが、多分優しい人なんだろうなと光希は思いながら、遼一たちが談笑している姿をぼんやりと見つめる。

外国人の男が何か言い、それに吉川は笑うと軽く遼一の腕を叩《たた》く。遼一も笑っていて、吉川に何か返した様子だ。

それに吉川と外国人の男も、また笑う。

和やかな光景なのに、光希の胸の中で何かが起きた。

ざわめきのような、痛みのようなそんな感覚だった。

だがそれに気を向けた途端にそれは消えてしまって、何が原因で何が起きたのかさっぱり分からないまま、光希はとりあえず手にした紅茶を口にした。

温かな紅茶にほっとしながら遼一が戻ってくるのを光希は待った。

◇◆◇

オペラの後、光希は遼一と一緒にレストランに入った。

本当はオペラの前に食事を済ませる予定だったのだが、遼一の予定が押してしまったので、開演前にサンドイッチを軽くつまんだ程度だった。

「本当にごめんね、こんな時間の食事になって」

遼一はそう言って謝る。

時計は九時を少し回ったところだ。光希にとってはいつもより二時間ほど遅い夕食になる。

「ううん、食べておいでって言ってくれたの無視っていうか、聞かなかったの僕だから」

遼一からは早い段階で合流するのが遅くなると連絡は入っていた。だから、光希だけでも何かちゃんと食べておいでと言われていたのだが、遼一はどうするのかと聞くと、サンドイッチでもつまんでいくよと言ったので、じゃあ僕もそうしとく、と返したのだ。

そんなにおなかがすいていなかったし、観劇の後はたいてい喫茶店に入ったりして感想を話したりして過ごすので、その時におなかがすいていたら何かまた頼めばいいや、と思っていた。

「でも、なんか逆に悪いことしたかもって、今思ってる」

「どうして？」

光希の言葉に遼一は薄く笑みを浮かべて聞いた。

「余計なお金を使わせちゃうっていうか……」

遼一と出かけると、支払いは必ず遼一が済ませる。

唯一の例外は「遼一の誕生日のお祝いで出かけた先でのお茶代」くらいだ。

遼一の方が年上で、社会人なので、それはおかしくないのかもしれないが、いろんなところに行くたびにお金を出してもらうのはやっぱりどうなんだろう、と思う。

思うけれど、光希が財布を出したところで支払いなんか絶対にさせてもらえないので、それならできるだけ負担の軽いお店で値段もそんなにしないもの、とつい思う。

だから、光希がちゃんと言われた通りに夕食を食べてきていれば、仮にやはりこの店に入ることになったとしても、光希は飲み物くらいでよかったのにと、ここに至って思ったのだ。

「そんなこと気にしなくていいんだよ」

思った通りの言葉を遼一は言う。

「そう言ってくれるとは思ったけど……」

重い口調の光希に、

「光希が俺に合わせてサンドイッチだけにしてくれてよかったって実は思ってる」

遼一はそんなことを言った。

「なんで？」

「光希は食事を済ませてるんだから、オペラが終わったら、すぐに送っていってバイバイって流れにした方が妥当だろう？　俺が食事をする間、光希を待たせるっていうのも悪いし。こうして、一緒に食事をする時間を合法的に取れてよかったと思ってる」

そう言って遼一は笑う。

「合法的にって……一緒に食事をするのに違法とかないと思うけど」

「気持ちとして、だよ。スマートじゃないだろう？　俺の都合に付き合わせるって」

そんなものなのかな、と思った時、注文していたパスタが運ばれてきた。

光希は春野菜のクリームソースパスタで、遼一は魚介のパスタだ。

それを食べながら、最初は今日のオペラの話をしていたのだが、いつの間にか大学での話に代わり、そこから就職活動の話になった。

「それで、先輩が就職活動してるの見て大変だなと思ってたら、同級生の中でももう就職を見据えてるっていう子が結構いて、もう考える時期なのかって驚いちゃった。僕なんかやっと後期からゼミを取るって決めたところなのに」

「研究を続けるつもりがないなら、三年から就職を見据えておくのは普通かもしれないね。企業がどんな人材を欲しがっているのかを考えて、取る授業を選ぶってこともあるだろうし」

「なんか、ほえーって感じ」

その光希の言葉に遼一は笑うと、

「それで、光希はどうしたいの？　この先」

そう聞いた。

「僕としては、数学をずっとやっていきたいなーって思ってる。菅教授も院に進んで研究室に残ればいいいって言ってくれてるんだけど……ちゃんとした数学者になるっていうのは多分物凄く難しいんだろうなって。だから、この先の人生設計みたいなのをちゃんと考えるなら、大学卒業のタイミングで就職をした方がいいかなー、とか、ちょっと思い始めてる」

大学院卒、というのが今は非常に増えていて、もはや珍しくも何もない状態だ。

それでも院卒というだけで給料は他の大卒と比べて少し上げなければならなかったりという事情もあって、よほど優秀でなければ企業側が敬遠するらしい…というのが同級生から光希が仕入れた情報だ。

澤口は光希から見たら、このまま博士課程までいった方が絶対にいいと思うような優秀さだと思うのに、就職が厳しいらしい。

澤口でもそうなら、自分なんかが院に行ってしまったら、卒業する時に本当に就職先がないんじゃないかと不安になった。

だから研究は諦めて、なんてつい思ってしまう。

「光希が研究を続けたいと思ってるなら、その方向で道を探すのが一番いいよ。どうせ努力するなら好きなことを諦めるためじゃなくて、続けるための努力のほうがいいだろう？」

「うん……」

「でも、将来の生活設計を考えたりすると、不安に思うことがあるのは確かなのかな。将来のこと、何か考えてる？」

聞かれて光希は首を傾げる。

「数学者になりたいってこと以外で、だよね？」

「そう。たとえば、結婚とか」

具体的に言われて光希はますます首を傾げる。

「んー……、結婚とか今は全然考えてないなぁ」

もともと理数系は男子学生が多く、女子との交流は滅多にない。

菅の研究室も男ばかりだ。

「でも、合コンとかの誘い、あるだろ？」

「合コンっていうか、カラオケとか、ご飯食べに行こうとか言われることはあるけど、歌うの得意じゃないし、そういうので行くお店ってうるさかったりするから行かない。それなら菅教授のとこで数学の話をしてたほうが楽しいし……」

「本当に？　隠してない？」

遼一は珍しく疑うような様子で聞いてきた。

「本当だよ？　どうして？　僕、なんか変なこと言った？」

矛盾した発言をしただろうかと思ったのだが、遼一は軽く頭を横に振った。

「いや、光希が女の子とおつきあいしてるとか、そういう話を一度も聞いたことないと思ってね。今まで彼女とかは？」

そう聞かれて光希は少し考える。

「中学の時に、理数系好きの子がいて、その子とはよく喋ったりしてたけど……休みの日にどっかに行ったとかじゃないから、どうなんだろ？」

「それだけ？」

「うん。違う高校に進学したからそれっきりだし、高校では全然だったから」

そこまで言って、光希は眉根を少し寄せた。

「あれ？　僕ってちょっと変？」

今まで考えもしなかったが、二十歳になってもそういう経験が一つもないというのは、一般的な世間の尺度のようなものからしたらズレているのではないだろうか。

「別におかしくはないと思うよ」

「……そう？　なんか遼一さん妙に嬉しそうっていうか半笑いっぽいのが気になるんだけど」

お子様だと思われているのだろうなとは思う。

実際、その自覚はあるが。

「ああ、ごめん。可愛いなと思って。……そうだね、光希の場合恋愛よりも夢中になれるものがあるってだけじゃないのかな。それにまだ若いんだから、これからどんな出会いがあるか分からないだろう?」

地味に落ち込んでいる光希を慰めるためか、遼一はそう言ってくれる。

「そうなのかなぁ……」

呟いた後、光希は遼一はどうなんだろうと思って聞いてみた。

「遼一さんは、結婚とかは?」

「今度は俺に振ってきたか」

苦笑する遼一に、

「格好いいし、優しいし、女の子が放っておかないっていうか、凄いような気がするんだけど」

純粋にそうなんじゃないかな、と思って光希は問いを重ねる。

それに遼一は少し考えると、

「父さんは、そろそろと思ってるみたいで地味にプレッシャーをかけてくるよ。会社の今後のことが心配だ、みたいな感じで」

そう答えた。

鳴海産業の後継者である遼一にとって、結婚は個人的な話ではない。

結婚相手にしても、好きになった相手なら誰でもというわけにはいかないのだろうと想像できた。

「遼一さんなら、きっといいお嫁さんをもらうと思うよ」

美人で優しくて頭も家柄も、条件がすべて整った女性が遼一にはふさわしいと思う。

そう思うのに、光希の胸はオペラの幕間休憩の時に、遼一が吉川やその客と一緒にいた時と同じように痛みを伝えてくる。

――なんで?

自分でも分からなくて、恐らく奇妙な顔をしていたのだろう。

「どうかした?」

遼一に聞かれたが、自分で分からないことを説明もできなくて、光希は何でもないとごまかした。

そのまま話は適当に流れ、食事を終えた。

「あとは家に光希を送り届けるだけだけど、ちょっとドライブに付き合ってもらってもいい?」

車に乗り込んですぐ、遼一は言った。

「うん、いいよ」

明日は土曜で、光希が履修している講義はなく休みだ。帰宅が少し遅くなっても問題はないし、光希の家族も遼一と一緒の時は安心していて、多少遅くなっても何も言わない。

とはいえ、何の連絡もしないというのは、光希の性格的にできないので『少し遅くなります。遼一さんが車で家まで送ってくれるので心配しないでください』と母親にメールを入れておく。

車が動き出して少しした頃に返信がきて『玄関の鍵は閉めておくから、どれだけ遅くなっても大丈夫よ』という信用されているのか、心配されていないのか、よく分からない内容だった。

とはいえ、遅くなってもいいというお墨付きがもらえたので、とりあえず安心する。

車の中ではあまり会話はなかった。

それは別に珍しいことではないというか、会話がなければ光希の頭の中では解きかけの数学の問題がくるくると回りだすので、気がつけばずっと黙っていた、ということもよくある。

他の人と一緒の時は、急に黙ったままになるので、どうしたのかと心配されたり、体の調子が悪くなったのかと思われたりするのだが、家族や遼一はもはや慣れっこだ。

今夜もそうで、光希がふっと気付くと車は夜景の見える場所で停まっていた。

「……あ、綺麗」

やっと認識した夜景の美しさに光希が呟く。

「ようやく思考の旅からお帰りですか？」

からかうように遼一は言う。

「そんなに長い間、僕、気付いてなかった?」

光希が問うと、遼一は時計を見た。

「いや、せいぜい五分ほどかな」

「五分、か。でも、寝てたのでもないのに車が停まったのに五分も気付かないって、ちょっと問題だよね」

「海外だと危ないかもしれないね」

遼一に言われて、確かにそうだなと思う。

「海外には今のところ行く予定はなさそうだけど、その時は気をつけなきゃ」

「海外、か……」

何かを思いついたように遼一は呟いた後、

「食事の時には、まだ覚悟ができてなくて言いだせなかったんだけど」

不意にそう切り出した。

「覚悟?」

覚悟などという仰々《ぎょうぎょう》しい言葉が出たことに、光希は戸惑う。その光希を真っすぐに見て、

「……日本では、結婚という形を取ることはできないけれど、光希のことをずっとそういう意味合いで好きだった」

遼一は言った。

だが、光希は遼一の言ったことが分からず――いや、何を言ったかは分かっている。分かっているがそれがどういう意味合いのものであるのかが飲み込めなくて、目を見開いたまま固まった。

そんな光希の様子に、遼一は言葉をつないだ。

「初めて会った時、凄く可愛い子だと思ったんだ。光希が可愛くて、できるだけ一緒にいたいと思った。だから、そうできるように自分の立場を利用した。父も母を亡くしてから俺の様子がおかしいことには薄々気付いていたみたいだから、その俺が光希と遊びたいと言えば、それくらいならと叶《かな》えてくれると分かっていたし、社長の息子の頼みを上林部長が断るわけがない、とも思ってた。でも――最初は本当に、純粋に光希が可愛かっただけだったんだ。そのうち和晃くんも遊びに来るようになって、三人で遊ぶのは楽しかったしね。兄弟ができたみたいで嬉しくて……でも、光希に対する気持ちと和晃くんに対する気持ちが、同じ『可愛い』でも違うことに気付いた。和晃くんが『弟のような』存在だとすれば、光希は『手放したくない』存在で……つまりは恋愛という意味で束縛したいし、手に入れたいと思っているんだろうって」

真っすぐに見つめてくるままの遼一の顔を、目を逸《そ》らすこともできずに光希は何度も瞬きを繰り返して見つめ返す。

遼一の『好き』が、世間一般に男女間で育まれるそれと同じ意味のものだということは理解できた。

そして、本気だということも。

だが、考えもしなかった展開に光希はどうしていいか分からなくて、やはり瞬きを繰り返すしかできなかった。

「……もし、光希がこういうのを——俺が、光希をそういう意味で好きだって思ってることを気持ち悪いと思わないなら、交際を前提にこれからは会いたいと、そう思ってる」

「……コウサイをゼンテイに……」

言われた言葉を繰り返したが、意味が頭に入ってこなかった。

「そう。だから、会うのはこれからただの『おでかけ』じゃなくて『デート』になるっていう認識になるかな。もちろん、光希がOKなら、だけど」

「デート……」

呟いたがピンとこない。意味は分かるが、やはり頭に入ってこない感じだ。

「返事は今じゃなくていい。ゆっくり考えて、メールをくれれば」

光希がこういう状態になるというのは予想していたのか、遼一は返事を急がせなかった。

「……メール…、うん……」

光希は何とか言葉を返したが、もはやオウム返しに近い。

そんな光希に遼一は苦笑すると、手をそっと光希の頭に乗せて髪をくしゃっと掻《か》き混ぜるようにして撫でる。

「じゃあ、帰ろうか」

遼一はそう言うと車のエンジンをかける。

帰りの車内は、来た時と同じようにほとんど会話はなかった。

けれどそれはさっきとは違う、どこか気まずいもので——光希は何かを考える振りをして、ずっと窓の外を見ていた。

3

「なあ、兄ちゃん……、またなんか悩んでんの？」

数日後、午後の講義が休講になったため、いつもより早く家に帰りリビングのソファーに座っていた光希は、学校から帰ってきた和晃にそう聞かれた。

「……なんで？」

「兄ちゃんが、トレーナーの中に足突《つ》っ込んで体育座りの座敷童子《ざしきわらし》を決め込んでる時は、悩んでる時って相場は決まってるから」

和晃の言葉通り、今、光希はソファーの上で、和晃のお下がりの――通常の兄弟では逆だと思われるが、和晃の方が体が大きいので仕方がない――大きめのトレーナーの中に足を入れる形で座っていた。

「……別に、悩みってほどじゃないけど」

「生きるか死ぬかってレベルの悩みじゃないけど、悩んでるんだ？」

「うん、だから気にしなくていいよ」

光希はそう言うと、その態勢のまま横にコロンと転がって不貞寝《ふてね》を始める。

そんな光希に和晃は苦笑して、ソファーの背にかけてあった膝《ひざ》かけを取ると光希の体にかけた。

「ありがと」

「どういたしまして」

和晃はそう言うと自分の部屋に戻っていき、リビングには再び光希一人だ。

悩んでいるのは他でもない、遼一のことだ。

――遼一さんが、俺のことを好き。

それも、光希が今まで思っていたような「好き」ではなくて、恋愛としての「好き」だというのだ。

――恋愛としての好きってことはさ、つまり、キスしちゃったりとか、そういうあれだよね？

遼一と、キス。

思っただけで頭が沸騰しそうになる。

かといって、嫌なわけじゃないのだ。

男とキスなんて、普通じゃあり得ないし、とんでもないと思うのだが、その相手が遼一だと思うと嫌というよりは先に頭が沸騰する。

恥ずかしくて。

恥ずかしさのあまり、それ以上考えられなくて思考が強制終了してしまうということを、あの日以来ずっと繰り返していて、一歩も進めないのだ。

一歩も進めていないということは、遼一にまったく連絡をしていないということで、正直それはそれで気まずい。

時間を置けば置くほど気まずくなりそうなのだが、これまで恋愛と無縁といって差し支えのない光希にとっては、どう考えればいいのかすら分からない上に、誰かに相談できるような内容でもない。

――本当にどうしよう。

たとえばこれまでに光希が知っている「遼一」を百点の人物だとして、自分に対して恋愛感情を持っているということがどの程度マイナスになるのだろうか、と思う。

――でも、それも「好き」の種類の一つだからマイナスってわけでもないのかな……。

頭の中はもういい加減グチャグチャだ。

グチャグチャの頭で分かっているのは、答えが出るのがいつになるか分からない、ということと、答えが出るまで連絡を取らないでいると絶対によくない、ということだ。

――答え出てないけど、メールしちゃだめかな。

別に返事以外のメールをするなと言われたわけではない。

だから、大丈夫のような気もするが、ルール違反だと言われたら、そんな気もするのでどっちがいいのか分からない。

――でも、ルール違反だとしても、このままよりはいい……よね？

弱々しく自問自答を繰り返し、光希はようやく体を起こすと携帯電話を手に取った。そしてメールを打ち始める。

『答えはまだ出てないんだけど、会って話がしたいので、都合のいい時間を教えてください』

たったそれだけの文章を作るのに三十分以上かかった。

そして、それを送信するか、しないのか、でも散々迷って、えいやっ！　と覚悟を決めて送信できたのはさらにその一時間後だ。

送ってすぐに遼一からの返信が気になった。

いつもならだいたい遅くても二十分以内に返事が来るのに、返事は一時間が過ぎても来なくて、光希はどんどん不安になってきた。

答えが出てないのに会おうなんて虫がいいと思われて呆れられたんだろうかとか、返事が遅くてやっぱり呆れられたんだろうかとか、悪いことしか考えられなくて自滅カウントダウンが始まった時、光希の携帯電話がメール着信を告げた。

飛びつくようにして確認をすると、遼一からの返信だった。

『返信が遅くなってごめん。会議に出てた。明日、三時半に会社に来てもらえないかな。着いたら連絡して。ロビーへ迎えに行く』

文面はいつもと同じ感じで、光希は少しほっとする。

『返信ありがとう。分かった、明日会社に行くね。着いたら連絡する』

すぐにそう返事をして、光希は携帯電話を置いた。

——明日。

胸の中で呟く。

まだ答えは出ていない。

会ったところでどうすればいいのか分からない。

でも、今、こうして一人で悩んでいるよりはいいはずだと、自分に言い聞かせて光希はこの日の夜を落ち着かなく過ごした。

◇◆◇

翌日、光希は遼一と約束した三時半に遼一の会社に着いた。

大学の講義が午前中だけだったので午後には何の予定もなかったこともあって、実は一時間以上前に近くに光希は来ていた。

大学にいても落ち着かなくて、もしかしたら突発的な事故で電車が止まったりする可能性も、確率的にはかなり低いがないわけではないので、時間があるなら余裕を持って行動、とその通りにしたところ、早く着きすぎたのだ。

約束の時間まで、会社の近くのコーヒーショップで時間を潰し、約束の時間の十分前に店を出て、会社の前で五分前まで時間を潰し、ロビーに入って隅っこの観葉植物の脇でさらに時間丁度まで待った。

携帯電話が三時半を示すのを待って、光希は遼一の携帯電話に『今、ロビーです』とメールを入れる。

それにすぐ『待ってて、今から迎えに行く』と返信があり、それから五分ほどで二階とロビーをつなぐエスカレーターを降りてくる遼一の姿が見えた。

その姿を見た途端、光希の心臓が今までにないくらい速い動きで鼓動《こどう》を刻み始めた。

光希を探しているのか、視線を巡らせているのが分かる。

エスカレーターを降りる直前に光希の姿を見つけ、視線が合った。

その瞬間遼一は薄く笑みを浮かべ、光希の心臓はこれまで以上の速さで動き始める。

――なんで……。

戸惑っているうちに、遼一は光希の目の前まで来た。

「待たせた？」

「う…、ううん。大丈夫」

「顔、赤いよ？　もしかして遅れそうになって走ってきた？」

自覚はなかったが、顔が赤いらしい。これだけ心臓がドキドキしているのだから、それもそうだろう。

だが、遼一は違う方向で見当をつけてくれて、光希はそれに乗っかることにした。

「うん……大学出るの、ちょっと予定より遅くなっちゃって」

光希の言葉に納得したらしく、遼一は頷いた。

「律儀な光希らしいね。遅れないように走ってくれたんだ」

「だって遼一さん、忙しいし……」

「光希のためなら、時間くらいいくらでもどうにかするよ……って格好よく言いたいところだけど、今日はちょっと予定が詰まっててね。さっそくで悪いけれど、行こうか」

遼一はそう言っていつものように手を差し出す。

光希は手を伸ばしかけて、固まった。

それは本当に一瞬のことだったのだが、遼一は苦笑して手を引っ込める。

——あ……。

光希は気まずい、と思った。思ったけれど、もうどうしようもなかった。

「ついてきて」

遼一はそう言うと先に歩き始める。

光希はその後ろを追った。

目の前にある遼一の背中が凄く遠く思えて、胸の中がイガイガする。

――僕のバカ。

手をつなぐことなど、いつものことなのだ。

今まで意識なんかしたこともなかったのに。

絶対に遼一は気を悪くしただろう。

そんなことをグルグルと考えていると、先を行く遼一が足を止め、それに何があったんだろうと思って、つい俯《うつむ》きがちになっていた顔を上げると、

「随分と可愛らしいお客さんを連れているな」

聞き覚えのある声がした。

その声の主は、遼一の父である社長の嗣彦だった。

「こんにちは…、ごぶさたしています」

光希は慌ててぺこりと頭を下げる。

「ああ、元気そうで何よりだ」

遼一と親しくしていると言っても、嗣彦と会うことは子供の頃からのことを思い返しても割合的にはかなり少ない。

最後に会ったのは高校を卒業した時だから、二年前だ。

その時も、たまたま会って挨拶をした程度だった。

「俺が呼び出したんです」

「仕事中にか」

「今日は仕事を終えるのは真夜中過ぎになりそうですので。その時刻から呼び出すわけにもいかないと判断しました。公私混同だとおっしゃるのであれば、謝罪いたしますが」

遼一の表情は笑んでいるように見えたが、それは光希の知っている笑顔ではなく、そして声も違う人のように聞こえた。

その遼一の返答に嗣彦はふっと笑うと、何も言わずに通り過ぎていった。

「……今日、そんなに忙しいの？」

嗣彦が行き過ぎてから、光希は聞いた。

さっきも予定が詰まっていると言っていたし、それなら別に今日じゃなくてもよかったのにと思う。

その言葉に振り返った遼一は、光希の知っている優しい笑みを浮かべていた。

「ああでも言わないと、俺に何でもかんでも仕事を振ってくるからね。牽制《けんせい》だよ」

その声も、やはり光希の知っている普段のもので、ほっとする。

それと同時に遼一の言葉がどの程度本当なのかは分からないが、たとえそれが嘘なのだとしても光希にはどうしようもできないので、頷いておくしかできなかった。

それを見やってから遼一は再び歩き始め、光希を連れて入ったのは商談に使われる部屋の一つのようだった。

小さいがソファーセットが設えられていた。

「座って。あ、何か飲む？」

問われて光希は頭を横に振る。

「ううん、いい」

「そう？」

確認する言葉に光希は頷いて、ソファーに腰を下ろした。それに続いて、向かい側に遼一も腰を下ろす。

どちらから話を切り出すか、少しの間探るような間があったが、先に口を開いたのは光希だった。

「メールにも書いたんだけど……この前言われたことの答えみたいなのは、まだ出てないんだ」

「うん」

静かに遼一は頷く。その様子からは、遼一が何を考え、感じているのか分からなかった。

「答えは出てないんだけど、いろいろ考えて……。遼一さんのことは好きだと思う。でも、その『好き』が遼一さんが言うような、恋愛感情みたいなものかどうかって言われたら分かんなくて。分かんない間は会えないっていうか、会わないってことなんだろうなとか思ったんだけど、いつ分かるようになるか分かんないし……そのうち分かんないってことがゲシュタルト崩壊しちゃいそうになって……」

こう話している今でさえ、そうだ。

「でも、考えて、答えは出ないけど、遼一さんとこれから会えなくなったりするのは嫌だってことだけは分かって……それで、メールした」

こうして会えて、それでも何か分かったわけじゃない。

ただ、会えなくなるのは嫌で、でも会うと顔をまともに見ることも難しいような気持ちになって、今もかろうじて俯いてはいないが、遼一の顔を真っすぐに見てはいなかった。

「……光希、ごめん」

不意に遼一が謝って、それに光希は眉根を寄せて遼一の顔を見た。

遼一は少し難しい顔をして、それから小さく息を吐いた。

「そんなに思いつめた顔をさせるほど、悩ませるつもりはなかったんだ」

そう言ってから、ふっと笑った。

「俺が、光希のことをそういう意味で好きだってことを知っても、会いたいって思ってくれてる。今はそれで充分だよ」

「遼一さん」

「ゆっくり考えてメールをしてくれればいいって言ったのは俺なんだけど、昨日メールをもらうまで――いや、今、話を聞くまで生きた心地がしなかったんだよ、実は。気持ち悪いって思ってて、でもそれをはっきりとは言えなくて、どう言えばいいのか悩んでるのかと思ったりね」

その言葉に光希は急いで頭を横に振る。

「そんなことない……！」

「うん、分かってる。ただの被害妄想だってことは」

遼一はそう言って苦笑してから聞いた。

「今まで通り、普通に会ってもらえる？　ご飯を食べに行ったり、買い物に行ったり、映画を見たり」

「うん」

「じゃあ、指きり」

遼一が小指を差し出す。

小さい頃、何度もした約束の指きりと同じなのに、光希はドキドキしながら自分の小指を遼一の小指にそっと絡める。

そのまま、小さな声で『指きりの歌』を歌って、小指が離れた後はなんだか不思議な気分だった。

「じゃあ、さっそく次の約束しようか。来週、映画を見に行こう。丁度見たいと思っていた映画があったんだ。レイトショーになっちゃうと思うけど」

「分かった。来週のいつ？」

光希がそう言うと、遼一はほっとしたような顔をした。

「まだはっきり予定は立たないんだけど、早めに連絡する」

「じゃあ、待ってる。来週は別に何も予定入ってないから」

「誘っておいて予定がはっきりしないっていうのも悪いんだけど、ごめんね」

「いいよ、遼一さんが忙しいのは知ってるから。……あ、今日も忙しいんだよね？　えっと……僕の言いたかったことはあれだけだったから…遼一さん、仕事に戻って」

自分から会いたいと言っておいて、言いたいだけ言って仕事に戻れと言っているような気持ちにならないわけではなかったが、うまい言い方が分からなかった。

だが、光希の言いたいことは分かってくれたらしい。

「そうだな。本当は仕事なんか誰かに投げて、このまま光希と帰りたいけど……そういうわけにもいかないだろうしね」

遼一は苦笑して立ち上がった。それに続いて光希も立ち上がり、一緒に部屋を出た。

「じゃあ、またメールする」

ロビーまで送ってもらい、別れ際、そう言った遼一に、

「うん、待ってる」

光希は頷いて、軽く手を振り、別れた。

来た時にあんなに重かった胸が、今は軽い。

けれど、本当にあんな答えとも言えないような返事でよかったんだろうかと、今さらながら悩む。

悩むけれど、答えはそれでも出ないままだ。

ずっとこのままというわけにはいかないのだろうとは思う。

それでも、しばらくはこれからも今までのように会えることになって光希はほっとした。

――だって、あのまま会えなくなるとか絶対嫌だったし。

光希は胸の内で自己弁護じみた言葉を呟いた。

◇◆◇

遼一と映画を見に出かけたのは翌週の金曜の夜だった。

翌日が休みなこともあって、レイトショーで見た後、深夜までやっているという遼一のお気に入りのカフェに連れていってもらった。

古い民家を改装した店内はヨーロッパの木製アンティーク家具が置かれていて、どちらも時代を経たもの同士が仲良く共存している印象だ。

大きな看板が出ているわけではないし、早いという時間でもない。

それでも半分以上の席が埋まっていた。

遼一はよく来ているらしく、店員がいつもの席が空いてますよと促してくれ、光希は遼一の後をついていった。

その奥の壁際には深いグリーンの二人がけソファーが窓に向かって置かれているテーブル席があった。

「光希」

遼一はその手前で足を止めると、体を少し引いて光希を先に行かせる。

奥に座れという意味だろうということはすぐに分かった。

光希は言われるまま奥の席に腰を下ろした。

当然、遼一はその隣に腰を下ろしたのだが、その距離がやけに近い気がして光希の心臓がドキドキと速いリズムで動き出す。

今日、遼一と会ってからずっとこんな調子だ。

映画館の前で待ち合わせをしていたのだが、遼一の姿を見ただけでドキドキした。

そしていつものように隣の席に座った時も、その距離がやけに近い気がして——絶対にそんなわけはないのだが——入る時に買ったポップコーンを取る時にたまたま手が触れたりするだけでも過剰に反応してしまっていた。

遼一はコーヒーを頼み、光希は紅茶を注文する。

オーダーを受けた店員が席を離れると、奥の席ということもあって、完全に二人きりだった。

——だから、意識しすぎなんだってば！

そう自分を叱《しか》りつけて意識しないようにしようと試みるのだが、意識しないでおこうと思っている時点で意識しているということなので、どうしようもない。

そして遼一はというと、今まで通りと言った通りに本当に変わりないように思える。

どうしてそんなに普通なんだろうと思うくらいに、普通のような気がする。

光希はそっと頭を巡らせて、隣の遼一を見た。

遼一は真っすぐに前を見て、窓の向こうの景色を見ているようだ。

その端整な横顔を、本当に綺麗だと思った。

もちろん横顔だけではなくて、全部が綺麗な人なのだが、そんな遼一がどうして自分をと思う。

「俺の顔に何かついてる？」

遼一は視線を前に向けたまま聞いた。それに光希は驚く。

「え…なんで」

「ずっと見てるから。……ガラスに映ってるよ」

遼一はそう言って、目の前の窓ガラスを指差す。それに光希が視線をやると、夜の闇を吸ったガラスは鏡のような役目を果たしていた。

「あ……」

知られないようにと思っていたのに、多分最初から全部見られていたのかと思うと恥ずかしくなって、光希は俯く。

「男前だと思って見惚《みと》れてくれてたんなら光栄だけど？」

遼一が笑って言った時、注文した飲み物が運ばれてきた。

それに助けられた気持ちになって、光希は落ち着こうと紅茶を口に運ぶ。

紅茶を飲みながら、光希は遼一が見ていた方をぼんやりと眺める。

特別に華やかな夜景などが見えるわけではない。

ただ普通の民家の昔ながらの小さな庭が見えるだけだ。

それでも、奇妙な懐かしさめいたものがあって、光希も視線をそちらに向けたままになる。

そのうち、奇妙なあたふたした感じは消えて光希がほっとしていると、少しして遼一が口を開いた。

「ゴールデンウィークのことを全然話してなかったけど、今年はどこか行きたいところある？」

そう聞かれて光希は恒例になっている旅行のことを思い出した。

光希が小学校に入ってから、ほぼ毎年のようにゴールデンウィークには遼一と一緒に旅行に出かけていた。

というか、遼一が行く旅行に連れていってもらっていたという方が近いだろう。

遼一の父の嗣彦は忙しいので一緒ということはほとんどなく、遼一は母親を亡くしてからは教育係の使用人が世話役としてついていくことになっていた。

だが、光希が身の回りのことを自分でできる年齢になったというのを理由に、それから光希も連れていってもらうようになったのだ。

もちろん、和晃が小学校に上がってからは和晃も連れていってもらうようになっていた。

もっとも今は、世話役は一緒ではなく、三人での旅行だが。

なので、特別なことではないのだが、今年は正直、あんな告白を受けた後での旅行なので意識せざるを得ない。

とはいえ、それを悟られると遼一を疑っているというか、信用していないと思われそうで光希はできるだけ平静を装う。

「あー……、どこがいいかな…。あんまり人の多くないところでゆっくりしたい」

「毎年大体そうだよね、光希は」

そう言って遼一は苦笑したが、

「今年はちょっと仕事の視察も兼ねられたらと思ってて、光希と和晃くんに特に希望がなかったら長野へ行きたいんだけどいいかな」

そう提案してきた。

「うん、僕はそれでいいよ」

「じゃあ、家に帰ったら和晃くんに聞いてみてくれる？　もしどこか行きたいところがあるんだったら、そっちを優先しよう」

「分かった、家に帰ったら聞いてみる」

そう答えながら、和晃の存在を遼一が無視しなかったことに——遼一にとっては当然のことだったと思うが、光希はほっとした。

——遼一さんは今まで通りでって言ってくれたし、実際そうしてくれてるのに、俺が意識しすぎるのって失礼だよね。

光希は自分を戒めるように胸の内で呟く。

「去年と同じように二泊三日で……」

そのまま、遼一とある程度の日程などを決め、光希はいつものように遼一に送られて帰宅した。

家に帰ったのは十二時前で、和晃は風呂《ふろ》から上がってきたところらしく、上半身裸のままキッチンの冷蔵庫からスポーツドリンクを取り出して飲んでいるところだった。

「ただいま。ちょうどいいとこにいた」

光希が言うと、和晃は少し首を傾げた。

「おかえり。ちょうどいいって、何が？」

「遼一さんが、ゴールデンウィークの旅行、長野でもいいかどうか聞いといてって。五月入ってからの連休なんだけど」

光希がそう言うと和晃はあっさり、

「あー、ゴールデンウィーク、俺、無理」

そう返してきた。

「え！　無理ってなんで」

「四月は部活の遠征試合だし、五月は予備校の集中講義受けるから」

「ゴールデンウィークくらい、いいじゃん」

そう言ってみたのだが、

「受験生に無茶言わないでよ。ゴールデンウィークくらいは勉強しねぇと、志望校ボーダーぎりぎりなんだから」

和晃はもっともな理由を口にし、

「そういうわけだから二人で行ってきてよ。お土産《みやげ》、楽しみにして待ってるし」

とまで付け足した。

「でも……」

渋る光希に、和晃はスポーツドリンクを冷蔵庫にしまいながら聞いてきた。

「俺が行かなきゃ、なんかマズいの？」

マズいと言われればマズいのだが、理由など言えるわけもないし、二人きりになるのをためらっていることを悟られるわけにもいかない。

そうなれば、光希のできる返事は、

「そういうわけじゃないよ。せっかくの休みなのに勉強なんだなって思って」

ごまかす、の一択しかない。

「まあ、しょうがないよ。浪人して親に迷惑もかけらんないし」

「部活の推薦とか、和晃とかならあるんじゃないの？」

バレーボール部に所属する和晃は、全国大会にも出たことがあるそこその選手だ。だから推薦の話くらいはあるんじゃないかと思って聞いたのだが、

「一応話は来てるけど、行きたいところじゃねぇから。バレーやるために大学行くならそれでもいいんだろうけど、俺の場合一応勉強したいことあるから、それの強いとこ行こうと思って」

と、かなりしっかりした返事があった。

「そっか、おまえ、ちゃんと考えてるんだなぁ……」

しみじみ呟くと、和晃は苦笑いを見せた。

「まあ、そのためにめっちゃ勉強しなきゃヤバいって話だけど。そんなわけで、旅行はパス。お土産期待してる」

そう言うと二階の自分の部屋へと戻っていく。

そして、光希は遼一との二人きりの旅行を回避できなかったことを改めて思い出し、胸の内で深くため息をついた。

4

ゴールデンウィーク後半戦初日、光希は遼一と二人で長野に来ていた。

和晃が行けないと伝えた時、遼一からは遠回しに「二人きりだと嫌じゃないか？」というようなことを聞かれた。

遼一自身の仕事がらみの行き先になってしまうし、それに付き合わせる形になるから、と言われたのだが、光希は大丈夫、と返事をしていた。

二人きりということに、確かに緊張はある。

きっとまたドキドキしてしまうだろうし、挙動不審にもなるだろう。

でも、嫌なわけではないのだ。

むしろここで行かなかったら、遼一とはどんどん気まずくなるだろう。

その方が嫌だった。

長野に着いて、まず最初に向かったのはホテルだ。

これまでの旅行で滞在したのはチェーン展開されているホテルがほとんどで、ここでもそうなのだろうと思っていたが、到着したのはホテルというよりは、ヨーロッパ貴族の洋館と言った方がしっくりくる感じの建物だった。

ロビーもフロントも、百年ほど前で時が止まったような様子だが、重い雰囲気はない。

チェックインの手続きを終えて案内されたのは三階の奥の部屋で、一般的にスイートと呼ばれる部屋と同じように、リビングとベッドルームが別になった作りだった。

そして内装はこの部屋もしっとりとしたヨーロピアン調でまとめられていて、落ち着いた。

「綺麗な部屋だね」

荷物を運んできてくれたベルボーイが部屋を出てから、光希はそう言って遼一を見た。

「気に入った？」

「うん。広いし、建物自体は凄く古いような感じだけど、とても綺麗にしてあるし」

光希の言葉に、遼一は嬉しそうに笑みを浮かべた。

「よかった。この建物は、ドイツの古い屋敷を解体して移築したものなんだ」

「へぇ……ドイツから運んできたんだ。なんかそれだけで凄くお金がかかりそうだね」

「そうだな。まあ、バブルの頃の話だから……あの頃は多少お金がかかっても、やっておけ、みたいな空気だったたんだろうな」

「バブルかぁ……」

そう呼ばれていた時期が日本にあった、というのは知識としてはある。

とはいえ生まれる前の話なので正直よく分からない、というのが本音だ。

「まあ、俺もその時期を知ってるってわけじゃないから。物心つくかつかないか、だし」

遼一がそう言った時、部屋のドアがノックされ、遼一がソファーから立ち上がって応対に出た。

知り合いなのか、挨拶を交わす声が聞こえた後、遼一はその人物を伴って部屋に戻ってきた。

黒いスーツをまとった年配の男性だった。

男は光希を見ると笑みを浮かべ頭を下げた。

「ようこそお越しくださいました」

その言葉に光希は慌てて立ち上がる。

「いえ、あ、はい…。はじめまして」

ぺこりと頭を下げると、遼一が光希を紹介した。

「友人の上林光希くんです」

「ご友人の方でしたか。弟さんかと思いました」

「弟のような友人なんですよ」

笑って言った遼一に頷いてから、男はこのホテルの支配人だと名乗った後、ホテルの施設の一通りの説明をしてから部屋を後にした。

「今の人、全部の客室に挨拶に回ってるのかな。それとも遼一さんだから特別？」

光希の問いに、遼一は少し考えるような間を置いてから、

「全室に挨拶に回っていても不思議はないな。全部で十室しかないし。まあ、俺の場合は仕事相手だってこともあるんだけど」

「仕事がらみって、このホテル自体が、なの？」

それに遼一は頷いた。

「ああ。さっきの続きになるが、建設途中でバブルがはじけたらしい。完成には何とかこぎ着けたけど、当初の『ドイツ貴族の館で贅沢《ぜいたく》な時間とサービスを提供する』というコンセプトを受け入れてもらえる状況ではなくなった。それでも、オーナーは料金体系を見直したりしてここを維持してきたんだが、相当難しくなってきたらしい。それでうちへの売却を持ちかけてきたんだ」

「そうなんだ」

「物件視察を兼ねてだな。買うとしても、宿泊客がどんな風にここでの時間を過ごせるのか近くの観光施設なんかも見ておかないといけないし。……そういうわけで、観光施設の視察につきあってもらえる？」

遼一は笑いながら立ち上がり、光希に手を差し出す。

光希はその手をできるだけぎこちなくならないように気をつけながら取って、立ち上がった。

手をつなぐということすら特別に思えてドキドキするという状況は、まだ続いている。

それでも告白されてすぐの頃よりはましになった、と自分では思う。

今日も、朝会ってからここまで、普通に話せたし、変じゃなかったと思う。

もっとも、遼一がどう受け止めているのかは分からないが、光希自身としてはかなり普通のつもりだ。

「観光の前に昼食にしようと思うけど、何が食べたい？」

「遼一さんのお任せでお願いします」

そう答えた光希に、遼一は責任重大だな、と笑う。

その笑顔がやっぱり綺麗で、せっかくドキドキが収まりつつあったのに、また心臓が速く動き出して光希は困った。

それに気付かなかったのか、気付かないふりをしてくれたのか、遼一は何も言わずにいてくれ、そのまま二人でホテルを出た。

◇◆◇

責任重大だ、などと言っていた遼一だが、ホテルを購入するかどうかを検討するための視察ということもあって、周辺の店などはおおむねリサーチ済みだったようだ。

自家栽培の有機野菜をふんだんに使って作られた料理を提供してくれる店で昼食を取った後、お土産物などを販売しているお店を回った。

そして、近くにある地元出身の人形作家の作品が展示されている美術館に行き、帰りは少し遠回りをして散策に最適だと言われているコースを歩いて、日暮れとともにホテルに戻ってきた。

夕食はホテルのレストランで取ったのだが、そのあたりから光希の心臓はまたおかしくなり始めた。

恐らく、シチュエーションのせいだと思う。

少し抑え気味の照明が使われ、それを補うように各テーブルに蠟燭《ろうそく》が灯《とも》されて、ほのかに明かりが揺らめいている。

そしてお城のような――貴族の館だったというから、間違いではないだろう――豪華な内装は、かなりロマンチックだ。

そこに遼一がいるのだ。

似合いすぎて、まるでここの主のようにさえ思える。

――王子様すぎる……。

視察とはいえプライベートでもあるので、ノーネクタイにカジュアルなジャケットという姿なのだが、それさえ「お忍びで食事に来ました」という様子に思えるほどだ。

そんなことを考えてしまうと、心臓はますますおかしくなって、光希は遼一の顔を見ることすらできなくなり、終始俯いて食事をしていた。

食事を終えて部屋に戻っても心臓はうるさいままだった。

何しろ、二人きりで泊まるのだ。

それは充分理解していたのだが、時間がたつにつれて緊張は酷《ひど》くなった。

疲れただろうから、と先に風呂に入るように言われて、一人で風呂に入ってる時だけはちょっと落ち着いたが、入浴を終えてリビングスペースで遼一の姿を見ただけで、また心臓がバカになる。

「おさきに」

そう伝えるだけの声さえ震えそうになる。

「ああ、早かったね」

仕事をしていたのか、遼一はノートパソコンをテーブルに出していた。

「仕事？」

「うん、今日いろいろと回ったところについてまとめてた。光希はどうだった？」

急に話を振られて、光希は戸惑う。

「ど……どうって、え？　何？」

何が「どう」なのだろう。

昼間は普通にできていたつもりだったが、ホテルに戻ってきてからの自分の態度のおかしさはやはり気になったのだろう。

――そりゃ、そうだよね。僕、ずっと俯いてたし。

でも、どう答えればいいのか分からなくて、光希の目が泳ぐ。

それに遼一は苦笑した。

「そんなに困らせるようなことを聞いたつもりはなかったんだけどな。今日、昼間にいろいろ回っただろう？　そのコースの感想を聞きたかったんだけど」

「あ……」

そう言われて、光希は自分の勘違いに恥ずかしくなるのと同時に、遼一に対して申し訳のない気持ちになった。

「ごめんなさい……」

謝る光希に遼一は頭を横に振って、ソファーの自分の隣をぽんぽんと叩くと座るように促す。

光希は促されるまま隣に座ったが、遼一の顔を見ることもできず、視線を落として自分の膝のあたりをぼんやりと見る。

「別に、謝らなきゃいけないことは何もしてないよ？」

柔らかな声で遼一は言った後、

「俺を見てくれる？」

そう続ける。

その言葉に光希は戸惑いながら、俯いていた顔を上げ、恐る恐る遼一を見た。

遼一は穏やかな――けれどどこか困ったような顔をしていた。

「正直に言うと、光希に好きだって告白したことをちょっと後悔してる」

「え……」

自分の態度がおかしいから、呆れて嫌になったんだろうかと光希はそう思った時、

「光希を困らせるつもりで言ったつもりじゃなかったんだ。ただ……自分の中でとどめておくには限界かなって思えたんだ。いつうっかり何の心の準備もなく好きだって言っちゃうか分からないくらいになってたから、そうなる前にちゃんと言うこととかまとめて、即座に振られてもみっともないことにはならないようにって覚悟を決めてって、そういう感じ」

「そんな、振るなんて……」

咄嗟《とっさ》にそう言ったが、イエスの返事をしていない以上は同じようなものかもしれないと思い直す。

「うん、まだ返事はもらってないから、首の皮一枚でつながってるかなって思ってる。光希からはっきりとＯＫをもらうまでは何もしないから安心して」

遼一の声は穏やかで優しい。

それは今までとまったく変わりがなくて――それなのに自分の反応が過剰なのが申し訳なかった。

「遼一さんが僕の意思を無視して何かするとか、そういうことを疑ってるわけじゃないんだ」

光希は呟くように言い、続けた。

「ないんだけど……どうしても意識しちゃって、普通にできなくて……」

いろいろ伝えなければいけないのに、うまく言葉にできなくて光希は眉根を寄せる。そんな光希に遼一は聞いた。

「意識した結果、嫌だって思ったりはした？　気持ち悪いとか、危機感を覚えたとか、マイナスなこと」

「そういうのはなかった」

光希は即答する。それに遼一はまるで面白いいたずらを思いついたような口調で、

「現状で嫌だと思っていないなら、好きってことにしておく？」

そんなことを言い出した。

けれど見つめてくる眼差《まなざ》しは真剣で、

「好き……？」

言葉にした途端、猛烈に恥ずかしくなって、顔が熱くなる。

遼一の顔を見ているのも無理なくらいドキドキしてきて、目を逸らしたいのにできなくて、頭は破裂しそうだった。

でも、そんな状態になるということは「好き」だからなのかもしれないと思うけれど、何と比較してそれを決めるのかが分からなくて光希はわけが分からなくなる。

そのせいで、光希は今までずっと思っていて聞けなかったことを口にしていた。

「もし、僕が遼一さんのことをやっぱりそういう意味で好きじゃないってなったら、遼一さんはどうするの？」

言葉にしてすぐに、テンパっていたとはいえこのタイミングで聞くのかと、あまりにデリカシーがないとすぐに後悔したのだが、

「考えたくない前提だけどね」

苦笑しながらも遼一はそう前置きして、すぐに答えた。

「多分、何もかもどうでもよくなって父親が選んできた条件のいい相手と結婚するだろう。鳴海の後継者としては子供を作るのは半ば義務だから」

その言葉に光希は頭を殴《なぐ》られたような気分になる。

だが、前にも似たような話をした時に父親がプレッシャーをかけてきていると言っていたのを思い出した。

――そう、だよね。お父さんの跡を遼一さんが継ぐように、遼一さんの跡はその子供が継

ぐんだろうし……。

すぐれた後継者を残すために、父親が選んだ女性と結婚する。

それは道理のようでもあったが、引っかかりも感じた。

「遼一さんの意思で選ぶってことはないの？」

「ないだろうね。光希じゃないなら、誰でも一緒だ」

さらりと遼一は言う。

だが、それはとんでもなく重い言葉に思えた。

「……なんで、遼一さんは僕のこと好きなの？」

そこまで思ってもらえるほどの何が自分にあるのか、分からない。

「そうだな……どこから話そうか…」

遼一は呟くように言った後、

「母親が死んだのは十歳の時だった」

そう切り出した。

「その前から入退院を繰り返していて、子供心にもしかしたら母は死ぬのかもしれないって漠然と予感はしてた。でも実際にそうなると世界中が色褪《いろあ》せたように見えた。うまく言えないけど、俺の周りに薄い膜ができて、みんなその膜の外にいるような、そんな感じ。薄く紗《しゃ》がかかって見えて、妙に現実感がなかった。喜怒哀楽も機械的っていうか、その場の空気を壊さないように反応だけはしてるって感じ。光希と会った時もそれは続いてた。でも、光希が小さい体で一生懸命ぴょんぴょん跳ねてるのを見た瞬間、あんなに色褪せてた世界が光希のところだけはっきりとしたように見えた。まるで、奇跡みたいに」

「奇跡……」

「そう。俺の世界を覆ってた薄い膜が、光希を見た瞬間に竜巻がすべてを攫《さら》ってくみたいに吹き飛んだような、そんな感じがした。気がついたら声をかけてた。見上げてきた光希を見た時……そうだな、キザな言い方になるけど、止まってた針が動きだした、そんな感じがした」

遼一が実際にそう感じたという話なのだろうが、その中心に自分がいるというのはなんだか物凄く信じがたい。

「……たまたま僕だったってことじゃなくて？　あの時、他の誰かが同じようにしてて、そこに居合わせたなら」

「可能性としてあり得なくはないと思うよ。でも、あの時、光希と同じ年頃の子は何人もいて、その中で俺の目に飛び込んできたのは光希だけだった。仮に光希以外の子に俺が声をかけたとしても、こんなに長くつきあえる相手になってたとは思わない。その場限りだったかもしれないし、少しの間交流があったとしても、ここまでになったとは思えない。もちろん、これも仮定の話でしかないけど……。事実だけを言えば、俺は光希と出会って、光希のことが特別な存在になったってことかな」

遼一の言葉には何の気負いもなかった。

いろいろなことを考えて、完全に気持ちの整理が終わっているのだということが分かる。

けれど、光希はまだ整理どころかとっちらかったままだ。

そんな光希に遼一は続けた。

「これから先もずっと光希がそばにいてくれるなら、少なくとも俺はこの世の誰よりも幸せになれるって確信してる」

そう言われて、光希は頭が破裂しそうになる。

「光希は、嫌？」

「え……」

「毎日、俺が一緒にいるっていうの」

それは想像したことのない生活だ。

でも、多分嫌じゃない。

一緒にご飯を食べたり、テレビを見たり、どうでもいいことを喋ったり……嫌だったら、遼一と会っていないし、旅行にも来ていないと思う。

「たぶん、楽しいと思う。……それって、そういう意味で遼一さんのこと好きってことなのかな？」

もう自分ではよく分からなくなって、遼一に聞く。

それに遼一は苦笑した。

「狼《おおかみ》にそれを聞くのか？　違うなんて言うわけがないだろう？」

「あ……」

それもそうだ、と思う光希に、遼一は続けた。

「光希がいなかったら、今の俺はなかったと思う。光希のいない人生なんか考えたくない。俺の力のすべてを使って、光希を幸せにするって誓う。だから、これから先、ずっと俺のそばにいてほしい」

それはまるっきりプロポーズのセリフだった。

けれど遼一は真剣な眼差しで光希を見ていて、光希は身動き一つできなくなる。

優しくて綺麗で格好いい遼一が、自分なんかを好きだという。

そして多分――いや、確かに自分も遼一のことが好きなのだ。

「俺に、光希の全部をちょうだい？」

甘い声で言われて、どう返事をすればいいのか分からなくて、光希は頭がぐらぐらした。

そんな光希に少し笑って、遼一は光希の鼻の頭に触れるだけのキスをする。

「このまま、俺に食べられて……一生かけて、責任を取るから」

どう答えていいのか、まったく分からなかった。

頭はもう考えることを放棄してしまっていて、

「……うん」

光希は無意識のうちに頷いていた。

自分が「イエス」の返事をしたのだということに気付いたのは、直後に遼一に口づけられた時だった。

それは光希にとって生まれて初めてのものだった。

それだけで驚いてしまっているのに、その口づけはすぐに深いものに変わり、口の中に遼一の舌が入り込んでくる。

いわゆるディープキスというものだと知識だけはあったが、想像することすらしなかったそれに光希の頭が真っ白になった。

それほど生々しくて、淫靡《いんび》だった。

どうすればいいかなんて分からなくて、そのうち息が苦しくなって体が震えだす。

「……っ…はぁ…っ、は…、ぁ……」

不意に唇が離れて、光希は貪るように息を吸った。

「光希、大丈夫？」

背中を撫でながら遼一が聞く。それに光希は答える余裕はなく、ひたすら息を継いで呼吸を整えた。

「ごめんね、ちょっとがっつきすぎた」

光希が落ち着いた頃、遼一は自嘲《じちょう》めいた声で囁《ささや》いた。

それに光希は小さく頭を横に振る。

「ううん……、何ていうか…その……いつ息したらいいのか、分かんなくて」

「うん、そうみたいだね。鼻で息をすればいいんじゃないかと思うんだけど」

当然ともいえるアドバイスをされて光希は恥ずかしくなる。

そう、口を塞《ふさ》がれていたとしても、鼻で息をすればいい話だ。

というか、普段から鼻で呼吸しているのに、それができなくなるくらい動揺していた自分が恥ずかしくて仕方がなくなる。

だが、遼一はそれすら可愛いとでも言う様子で、光希のこめかみや頬に口づけ、

「ゆっくり、少しずつ練習しようか」

優しい声でそう言うと、光希の背に回した手を解《ほど》き、立ち上がった。

そして、いつものように手を差し出す。

「ベッドへ行こう」

その言葉に光希は目を泳がせて、それでもうんと頷いて差し出された手を取った。

遼一と一緒に寝たことは何度もある。

子供の頃、泊まりに行けば遼一のベッドで一緒に寝るのは当たり前のことだった。

でも、今夜はその頃とは全然違う。

「緊張した顔してる」

ベッドに横たわった光希に、上から覆いかぶさるようにしながら遼一は囁くような声で言った。

その言葉にどう返事をすればいいのかすら分からなくて、光希は遼一を見上げるだけしかできない。

「大丈夫…、怖くしたりしないから」

少し笑って遼一は言い、

「ちゃんと鼻で息してて？」

確認するように言うと、ゆっくりと光希に口づけた。

それは触れるだけのキスで、唇が離れてはまた重ねられる繰り返しで、それに少しずつ光希の中の緊張が解けていく。

「ちゃんと息できてるね」

褒めるような口調で言いながら、遼一は光希の頭を撫でる。

その優しい感触が心地よくて嬉しくなる。

「少し舌を出して」

遼一は不意にそんなことを言い、光希は意味が分からないまま舌を少し出す。

遼一は微笑むと、光希の舌を舐めた。

驚いて光希が舌を引っ込めると、遼一は苦笑する。

「嫌だった？　それともびっくりした」

「……びっくりした」

「もう一度、舌を出して。同じようにするから、今度はびっくりしないで？」

光希は小さく頷いて、同じように舌を出す。遼一はその舌をさっきと同じように舐めた。

光希の中に何とも言えない感覚と感情が湧き起こってくるが、それが何か分からないままだ。

遼一の舌が、今度は唇の表面を舐めて、そして、口の中へと入ってくる。

さっきのように口の中を舐められて体が震えたが、それよりも自分の舌をどうしておけばいいのか分からなくて、あと、ちゃんと呼吸をしなきゃとそっちにも気を取られてわけが分からなくなる。

気がつけば遼一に舌を搦《から》め捕られていて、舐め回されたかと思えば甘く歯を立てたりされて、そのいちいちに体が震えた。

「ふ……ぁ…」

唇が離れた時には、もう光希の体のどこにも力が入らないんじゃないかと思うくらいに、ぼうっとしてしまっていた。

「可愛い……」

甘い声がしたと認識してすぐに遼一の唇がまた下りてくる。

だが、その唇は触れただけで離れ、その代わりに首筋へと伝い下りた。

くすぐったいと思う間もなく鎖骨をすぎ、胸に唇が落ちる。

その時に光希はパジャマをはだけられていることに気付いた。

いつの間にというか、多分キスに夢中になっている間だと思うのだが、まったく気付かなかったことも、肌《はだ》を晒《さら》しているということも恥ずかしい。

とはいえ「この後」のことを思えば当たり前なのかとか、そんなことを考えられたのも僅《わず》かな間だった。

遼一の唇が薄い胸についているささやかな尖りを唇で捕らえ、その感触に光希は小さく声を上げた。

「ひゃ……っ」

普段はそこについていることさえ忘れるようなパーツだ。

だが、遼一は片方には舌や唇を這《は》わせ、もう片方は指先でつまんだり引っかけたりするようにして弄《もてあそ》ぶ。

嫌なわけではないけれど、恥ずかしくてやめてほしいと思う。

でも嫌じゃないから、言わない方がいいのかとか、パニックに陥った頭ではグルグルとわけの分からないことばかりが回りだした。

そのうち、もう片方の手が下肢《かし》へと伸びて、パジャマのズボンの中へと忍び込んできた。そして知らぬ間に熱を孕《はら》みかけていた光希自身へと直《じか》に触れた。

「……っ…や…！」

さすがにそれは恥ずかしすぎて、光希は咄嗟に遼一の肩を摑《つか》んだ。

その仕草に遼一はゆっくりと顔を上げる。

「……何？」

だが、光希は言葉を返せなかった。

濡《ぬ》れた遼一の唇がなまめかしくて、自分の知っている遼一とは違う人のように見え、小さく頭を横に振るのが精いっぱいだ。

「嫌なの？」

聞かれて頷く。それに遼一は少し困ったような表情を浮かべた。

「どうして、嫌？　俺が気持ち悪い？」

遼一が気持ち悪いなんてあるわけがなくて、光希は必死で頭を横に振った。

「じゃあ、何？」

「……恥ずかしい」

光希の言葉に遼一は、

「ごめんね。恥ずかしいだけだとやめてあげられない」

そう言うと再び胸に顔を下ろし、手の中の光希を信じられないくらいに淫《みだ》らな動きで弄び始める。

「や…っ…ぁ、だめ、やっ、や……っ」

人の手に触れられることが初めてな光希自身は、あっという間に熱を孕んで、その先端に蜜《みつ》を滲《にじ》ませた。

それを拭うように遼一の指先が押し当てられて、それがぬるりと滑る感触に、光希は神経が焼き切れそうなほどの恥ずかしさを味わう。

「や…あ……っ、あ、あ…っ、あ」

恥ずかしくて仕方なくて、それなのに気持ちがよくて、光希はどうしていいか分からなくなる。

「りょ…、ち……さん…、りょ…ぅ……い…ち…さ……っ」

必死で名前を呼ぶと、遼一は顔を上げてくれた。

「何？」

けれど、聞くのだ。

「恥ずかしい」という以外に答えられないと分かっていて「何？」と。

「……っ」

眉根を寄せて遼一を見つめる光希に、遼一は微笑む。

「可愛い…」

「か…っ……」

確かに、遼一はよくそう言ってくれる。

そう言ってくれるけれど、この状況で言われると恥ずかしさしかなくて、言葉が返せなくなった。

遼一は伸び上がり、光希の頬《ほお》に口づけると、

「少しだけ、我慢して？　恥ずかしいのも分からなくしてあげるから」

優しい、けれどどこか淫靡に響く声で言った。

その言葉の意味を光希が悟るより早く、遼一は一度光希自身からも手を離した。

それにほっとしたのもつかの間、遼一は光希の腰を片手で軽く抱えて持ち上げると、もう片方の手で下着ごとパジャマのズボンを引き下ろした。

「……っ…」

ひんやりとした空気が肌に触れて肌が粟立《あわだ》つ。それに驚いている間に、信じたくないことが起きた。

遼一が、露《あらわ》になった光希自身を口にしたのだ。

「……っ…やっ！　あ、あ…っあ、だめ…や、や……っ」

手で直接触れられただけでも泣きたいほど恥ずかしかったのに、口でなんて許容範囲を完全に超えていて、光希の目に涙が浮かんだ。

しかし、遼一は光希の哀願は聞き入れるつもりなどないらしく、光希が逃げられないように腰をしっかりと両手で押さえた上で、口の中の光希自身をゆっくりと愛撫《あいぶ》し始めた。

「ふ…っ……あ、あっ、あ」

深くまで咥《くわ》え込まれ、ゆっくりと歯を当てながら先端近くまで引き抜いてくる。そしてまた深くまで擦《こす》り下ろすような仕草を繰り返されるだけでも、未経験の光希には耐えられないくらいの強い刺激だ。

それなのに遼一はさらに強い愛撫を与えてくる。

先端近くまで引き抜いてきた時、そこで止めて先端を執拗《しつよう》に舐め回し始めたのだ。

「やぁ……っ、あ、だめ、それ……だめ！」

蜜を零《こぼ》す先端の割れ目に舌先をねじ込まれ、光希の背中が跳ねる。

それでもやはり遼一は愛撫の手を緩めることはなく、それどころかさらに強い愛撫を与えてきた。

裏筋に舌を伸ばして舐め上げ、その直後に甘く歯を立てられて、光希の腰が大きく震える。

そのまま達しそうになったのを、光希は全身に力を入れて堪《こら》えた。

とてもじゃないが遼一の口の中で達することなどできないからだ。

「……っなして……、おねが…っ…はなし…て……」

必死で言いながら、光希は力の抜けた手を何とか伸ばして遼一の髪を摑む。

けれど、そこで終わりだった。

髪を摑んで何とか離れてもらおうと引っ張ろうとした時、先端をもう一度甘噛みされて、

その直後に強く吸い上げられ――、

「や…だ……っ、あ、ああっ、あああっ」

駆け抜けた悦楽に抗《あらが》えず、光希は遼一の口の中で達してしまった。

「ああ……あ、あ」

震える声が止まらないのは、光希が放ったそれを嚥下《えんか》する動きが直に伝わって、その感触だけでも感じてしまうからだ。

しかも、遼一は蜜をすべて飲み下すと、すぐにまた光希自身に舌を絡ませてくる。

「や……っ…あ、あっ、だめ、今…や…ぁあっ！　あ」

達したばかりで敏感になりすぎていて、普通に触れられるだけでもつらい。

それが意図を持ってのものなら尚のことだ。

「だめ…も……や、…っ…あ、あ、遼一さ…っ」

気持ちよすぎるのがつらくて、やめてほしいと思っているのに、遼一はそんな気配は微塵《みじん》

も見せず、さらに光希を煽《あお》り立てるように舌を使う。

それどころか、声を上げた場所では尚さら淫蕩《いんとう》に舌を使ってくるのだ。

「そこ……っ…や、…っあ、だめ、やめっ！　あ、だめ……だ、め……っ、え、やっ！」

光希の声に驚愕《きょうがく》の色が滲んだのは、遼一の指が考えられない場所に触れてきたからだ。

「だめ、やだ、や！　なんで、やだっ！」

それは両足の奥、自分でも触れることなんか滅多にない窄《すぼ》まりだ。

どうしてそんな場所にまで触れてくるのか分からないのと恥ずかしいのとで光希はパニックになった。

「や……っ…あ、いや…っ、や…っ…」

拒否を告げる短い声に不穏な響きを感じたのか、遼一は光希自身を口にしたまま視線を上げる。

そして、光希が涙を浮かべているのに気付いて慌てて体を起こした。

「光希……そんなに、嫌？」

あからさまに不安そうな顔をして聞いてくる遼一に、光希は強く眉根を寄せた。

「……って、あんなところ…汚いし…、大体、僕のを口でなんて…」

恥ずかしさと申し訳なさとがごっちゃになって、光希自身自分がどうして泣いているのか分からなかった。

それは光希の様子から分かったのだろう。

遼一は光希の額に自分の額を押し当て、謝った。

「ごめん……。でも、俺がそうしたかったんだ。光希の全部が欲しくて、光希の全部を俺のものにしたい」

「僕の……全部…」

「うん、そう。光希は可愛いから、グズグズしてたら絶対に誰かに攫われる。その前に全部を俺のものにしてしまいたい。……だから、ごめん、やめてあげられない」

誰かに攫われる、なんてあり得ない。

そう思うのに、それを言葉にするのはためらわれた。

見下ろしてくる遼一の眼差しがあまりにも思いつめたもののように見えて。

「お願い…、このまま、俺のものになって」

遼一が壊れてしまいそうな気がして——気がつけば頷いていた。

「……分かった…」

「本当に?」

「うん……」

確認されて改めて頷いた光希に、遼一はとても嬉しそうに微笑んだ。そして、

「……やめてあげる以外で、してほしいことあったら言って?　善処する」

そう聞いた。

だが、聞かれてもどう答えればいいのか分からないというか、この状況でしてほしいことなど思いつかなかった。

「……分かんない…けど……でも」

「何？」

「どんなことになっても、呆れたりとか、しないで」

自分がどうなるか分からないけれど、物凄く恥ずかしいことになるのは分かる。

そんな恥ずかしい状況を見て、遼一が光希を嫌になる可能性は充分ある。

それが今は一番怖い。

しかし、光希の言葉に遼一は笑みを深くして、頬に口づけた。

「何があったって、光希を嫌になるとか絶対にないから」

遼一は光希の顔中に触れるだけの口づけを降らせながら、光希自身を再び手に捕らえた。

時間を置いたことで少し勢いは失われていたが、触れただけで小さく震え、そのまま軽く扱《しご》くと素直に反応を見せる。

「……っ…う…、…っ」

「光希、声、聞かせて……」

歯を噛みしめて声を堪える光希に気付き、遼一は甘くねだるように言った。

それに光希は恥ずかしくて頭を横に振ったが、先端に指を這わされ擦られると、声はすぐに噛み殺せなくなった。

「ぁ……っ、あ…、ああっ、あ」

「可愛い声」

満足そうに言いながら、遼一は愛撫の手を強める。

あっという間に光希の先端からは蜜が溢《あふ》れて、遼一の手を濡らしていく。その感触の淫らさに光希は恥ずかしくて泣きたくなった。

だが、不意に遼一は光希自身から手を離す。

やめてくれたのだろうかと光希が思った次の瞬間、その濡れた指先は、さっき少しだけ触れられた後ろの蕾《つぼみ》へと伸ばされた。

「や……っ…そこ…」

「ごめん、我慢して?」

全部が欲しいと言われて頷いた手前、そんな言葉一つで光希は抗えなくなってしまう。

眉根を寄せる光希に遼一は優しく触れるだけの口づけを送ると、耳元に囁いた。

「息を吐いて……」

何のためか分からなかったが、言われた通りに光希は息を吐く。そのまま吸って、吐いて、と何度か繰り返され何度目かの吐いて、という言葉に従っていた時、

「あ……っ、あ」

体の中に遼一の指が入り込んできた。

「だめ、息を吐いて」

「……っ…や、だめ、やだ…っ」

「ごめんね、やめてあげられない」

言う間にも指は中に入り込んできて、光希はパニックになる。

「なん…で……、そんなところ…やだ……」

小さく頭を横に振る光希に遼一は困ったような――それでもどこか笑んだような表情を見せる。

「……男同士だとね、ここを使うんだよ」

遼一は光希が思ってもいなかったことを告げた。

正直、光希はそういうことに疎くて、遼一との行為がどういうところまでなのかすら考えもしなかった。

「む……無理…」

そういうことに使う場所じゃないし、そんなことができるとも思えなかった。

そんな光希に、遼一はさっきと同じ困った笑顔のままで言った。

「本当に無理そうだったら、やめるよ。だから、少しだけ、試させて？」

「……本当に…無理だったら、やめてくれる？」

確認すると遼一は頷いた。

「もちろん」

今まで遼一が嘘をついたことはないし、どういうことなのか知らなかったとはいえ、いいよとOKしたのは自分だ。

光希は黙って目を閉じる。その目蓋《まぶた》の上に唇が落とされて、少ししてから中にうずめられていた指がさらに奥へと入り込んできた。

「痛い？」

問う声に頭を横に振る。

痛みはなかった。ただ、異物感があるのと、物凄く恥ずかしいというだけで。

指は根元まで埋められるとそこでしばらくの間とどまっていた。

その間も遼一は何度も優しく触れるだけのキスを繰り返してきて、そっちに気を取られているうちに、中の異物感は和らいだ。

それを感じ取ったのか、

「少し動かすよ」

遼一はそう言うとゆっくりと指を引き抜き始める。

そして浅い場所まで引き抜くとまた奥まで戻るという単調な動きを繰り返した。

最初のうちは、どうしても気持ちが悪くて眉根が寄ってしまったが、動きに慣れるとどうということもなくなってきた。

この後のことはよく分からないが、大丈夫なのかもと思ったその時、

「ん……っ」

浅い場所まで引いた遼一の指が、中の変なところに触れて光希の唇から不意に声が上がった。

どうして声が出てしまったのかさえ光希が分からないうちに、

「この辺？」

遼一は光希が声を出した場所にもう一度指を向かわせた。

「……あ…っ」

「ここか」

何かを確信したように遼一は同じ場所を指先で何度も擦る。

「や……っ、何…ぁっ、あっ、あ……っ」

そのたびに体の中から悦楽が湧き起こり、光希の体が小さく何度も跳ねた。

「気持ちいい？」

問う言葉に光希は縋《すが》りつくような眼差しで遼一を見上げる。

優しいけれどどこか淫靡な笑みを浮かべ、遼一は光希を見つめていた。

「ん…っ…や、何…で……、あっ、あ！」

「詳しい説明は、今度ゆっくり。でも、おかしいわけじゃないから安心して。個人差はあるけど、男なら気持ちいい場所だから」

そういう間も指の動きはまったく変わらなくて、それどころかますます強く執拗になって光希は遼一の言葉をほとんど理解できないくらい悦楽に翻弄された。

「だめ…っ…やぁ……っ、あっ、あ」

「可愛い……、もっと気持ちよくなって」

言葉とともに指が二本に増やされて、圧迫感に眉根が寄った。

だが苦鳴を漏《も》らすより先に、同じ場所を増やした指先で思う様嬲《なぶ》られて、甘い声しか出なかった。

「ああっ……あ、…っ…ふ、あっ、あ」

「凄く気持ちよさそう。……前もほら、こんなになってる」

遼一は喘《あえ》ぐ光希の様子をうっとりとした顔で見つめながら、光希自身を手に収める。

後ろからの刺激に完全に勃《た》ち上がっていたそれは、しとどに蜜を漏らして、光希の薄い腹の上に水たまりを作っていた。

「……っ…や……ぁっ、だめ、や…っ、や」

「イっちゃいそう？　だったら出して……。気持ちよくイかせてあげるから」

中に埋めた指でいい場所を突き上げながら、手の中の光希自身を扱く。

「だめ……っ…だめ、出ちゃう…から……やぁっ、あっ、あぁっ！」

弱い場所を同時に苛められて、光希は堪えることなどできず呆気《あっけ》なく二度目の絶頂を迎えた。

「あ……ぁ…、あっ」

絶頂の余韻に震える光希の表情に、遼一はどこか苦い顔をした。

「光希…ごめん」

不意に謝られたが、光希は遼一が何を言ったのかすら認識できていなかった。

ただ、声に反応して、ぼんやりと遼一を見上げる。

「多分、無理じゃないと思うんだ。それに、本当にごめん、俺が無理」

悦楽に濁って曖昧な思考しかできない光希は何が無理なのかまで思い当たることはできず、ぽやんとしたままでいると、遼一は不意に中に埋めていた指を引き抜いた。

「ん……っ…ふ…」

引き抜かれる感触にさえ感じて、光希は小さく声を漏らす。

だが、引き抜かれると途端に喪失感を覚えて、光希は少し眉を顰《ひそ》めた。

遼一は光希自身からも手を離すと、一度体を起こす。

その様子に、光希は遼一が自分のことが嫌になってやめようとしているのかもしれないと

泣き出しそうな顔をしたが、

「光希、ごめんね」

遼一はそう言うと、己の前をはだけた。

そして、光希の痴態《ちたい》に煽られて熱を孕んでいる自身を取り出す。

それは長身の遼一にふさわしい、そして自分のものとは比べものにならない、立派なものだった。

「……ぁ」

ぼんやりとしていた光希だが、ここでようやく、遼一が何をしようとしているのかに気付いた。

だが、気付いたところですべて遅かった。

遼一は光希の腰を両手でしっかりと捕らえると、猛《たけ》った自身を光希の後ろへと押し当てた。

「……っ…待って…、ま…っ」

「ごめん、待てない」

言葉とともに遼一は押し当てたそれを光希の中へと突き入れてくる。

指で慣らされていたとはいえ、遼一のそれは簡単には受け入れがたい大きさだった。

「…無理……、無理…だか……っ、あ、あ」

「息を吐いて……」

遼一に言われるまま息を吐くと、ゆっくりと中に遼一が入り込んでくる。

「ぁ…あ、や……や……」

「大丈夫、ゆっくりするから……」

その言葉通り、遼一は焦ることなくゆっくりと時間をかけて光希の中に己《おのれ》を入り込ませていく。

そして不意に動きを止めた。

「光希、大丈夫？」

「……ん…」

少し大きく声を出せばどうにかなってしまうんじゃないかと思うくらい後ろが広がっている気がした。

だから、出せたのは吐息のような声だけだ。

「一番つらいところは終わったと思う。……すぐによくしたげるから、待ってて」

遼一はそう言うと少し腰を揺らした。

「あっ」

僅かな振動だったが、それだけでも怖くて光希は引きつったような声を上げる。しかし、その直後、

「やぁっ、あ、だめ、そこ……っ」

体を駆け抜けたのは強すぎる悦楽だった。

「ここ、好きなところだよね？　もっといっぱいしたげるから、気持ちよくなって」

遼一は自身の先端で、さっきまで指で嬲っていたあの場所を繰り返し突き上げる。

「ああっ、あ、や…だ……っ、あ、だめ、ああ、あ」

さっき絶頂に導かれたばかりの体には、酷だ。

「ん……っ…あ、あああっ、だめ、や…っ……あ」

喘ぐ以外にできない唇からは、濡れた声が止めどなく上がる。

その声が示す通り、光希の中も与えられる悦楽に蕩《とろ》けて、遼一を誘い込むように蠢《うごめ》き始めた。

「光希、奥まで入らせて……」

「……あっ、あ…ぁっ」

浅い場所だけを嬲っていた遼一自身がゆっくりと奥へと入り込んでくる。

すぐに指で届いていた場所を越えて、さらにもっと奥までを犯していった。

「……や…、も…無理……」

「もうちょっと…」

「だめ……、だめ…っ……」

もうこれ以上は無理だと思うのに、まださらに奥まで遼一は入ってくる。

痛みもないわけではないのだが、それ以上に圧迫感が強くて体がどうにかなりそうで怖かった。

「……んっ…やっあ！」

グイッとひときわ奥まで犯されて、光希は悲鳴じみた声を上げる。

「これで、全部……」

「ぜん…ぶ……？」

これ以上はない？　と問うような光希の眼差しに遼一は優しく笑む。

「そう、全部。大丈夫？」

「……いっぱいで…苦し……っ…やっ、だめ、あっ」

答えている最中に遼一が動き始めて、光希は声を上げる。

そもそも聞いてきたのは遼一なのに。

「可愛い顔で可愛いこと言われたら、我慢なんかできるわけない」

光希にしてみれば理不尽にしか思えないことを言って、遼一はゆっくりと抽挿《ちゅうそう》を繰り返す。

そうされると、光希はもう考えることもできなくなってしまう。

体の中がいっぱいで苦しいというのは確かなのだが、それ以上に遼一が動くたびに擦られる内壁が光希に快感を伝えてくるのだ。

「や……ぅ…、あ、あっ」

「可愛い……、もっと俺で気持ちよくなって」

遼一はそう言うと容赦なく腰を使い始めた。特に光希が感じる場所は執拗に、捏《こ》ね回すようにしたり、自身の先端で引っかけるようにしたりして責め立てる。

そのたびに光希は体をのたうたせて乱れた。

「ゃあ……っ、あ、もう、や……っ」

気持ちがよくてどうにかなりそうなくらいなのに、すでに二度達した光希にはそう簡単に終わりが来ない。

勃ち上がった自身は後ろを責められるたびに震えるが、放つほどの蜜はまだなかった。

「ああっ、あ、あ……っ」

終わりが来ないというその事実を、光希の体は「刺激が足りない」とでも誤解したのか、さらなる刺激を欲して、無意識に腰を揺らし、中の遼一を締めつけた。

「光希……」

その様子に遼一は満足そうに名前を呼び、光希の中を強く穿った。

「やぁああっ、あ、あ」

激しすぎる摩擦に光希は吹き飛ばされてしまいそうな錯覚を起こし、遼一の背にしがみつき、シャツを掻きむしる。

「あ……っ、あ、いや…もう… いや……っ」

グチュグチュと卑猥《ひわい》な音を響かせながら、繰り返し遼一は光希の中を思う様蹂躙《じゅうりん》する。

「もう少し…」

押し殺したような声とともに、遼一は一層強く腰を使う。

絡みつく粘膜を引きはがしては捏ね回す動きで何度も光希の中を犯した。

「ゃあ…っ、あ、あああああっ」

光希の体が絶頂へ駆け上りガクガクと震える。

その光希の中で遼一は熱を放った。

「ぁ……あっ、あっ、あ」

体の中に放たれる飛沫《ひまつ》の感触に、光希は声を上げる。だが、その声ももはや吐息に近い。

「光希……愛してる」

囁かれた言葉に光希は薄く目を開ける。

間近に見える遼一に、僕も、と返そうとしたのだが、その唇を口づけで塞がれて——言葉にできないまま、繰り返し与えられる口づけに意識を攫われた。

◇◆◇

「光希、大丈夫？」

翌朝、光希はまったく腰が役に立たなかった。

痛みももちろんあるのだが、それ以上に下半身に力が入らず、上半身も重い。

そのせいでベッドの上に体を起こすこともできなくて——当然お手洗いにも一人では行けず、遼一に抱き上げられて連れていってもらい、再び抱き上げられて戻ってくるという完全介護状態だ。

「……大丈夫だけど、大丈夫じゃない」

朝食の載ったトレイをベッドルームに運んできた遼一に、光希はそう返した。

恥ずかしくてどうしようもないし、いろんなところが痛いし、そういう意味では大丈夫じゃない。

正直、好きじゃなければ絶対に耐えられなかったと思う。

そう、好きじゃなければ。

つまりは、遼一のことをそういう意味で好きなのだと、光希はやっと自覚するに至った。

だが自覚したところで、恥ずかしさや痛みがましになるわけではなくて。

とはいえ、好きだから大丈夫とも言えなくはないので、何とも微妙な返事になるのだ。

「哲学的な返事だね」

苦笑しながら遼一はトレイをベッドサイドの小机の上に置くと、光希の体をゆっくりと抱きかかえて起こした。

そして、背中を預けられるように枕やクッションを背後に積み上げる。

「ご飯にしよう。食べないと、薬も飲めないから」

「薬？」

「痛みどめ。フロントで、連れが頭痛が酷くてって言ってもらってきた」

気遣いは嬉しいのだが、実際に痛むのは頭ではなくて腰で、それのそもそもの原因は遼一なのでお礼を言うのが少しためらわれる。

「……遼一さんのせいだよね」

「うん、そうだね。途中で止《と》められなくて」

昨夜、あれ一度ではなかった。

せっかく時間をかけて入れたんだからもったいない、と続け様にされて、遼一がもう一度達するまでに光希は何度イかされたか分からない。

むしろ自分がイっているのかそうじゃないのかも分からないくらいにまで追いやられて、ほとんどの記憶が曖昧だ。

「反省のかけらもなさげ」

「どうして？」

「だって、顔笑ってるもん……」

光希が言うと遼一は苦笑した。

「ごめんね。でも嬉しくて仕方がなくて」

遼一はそう言うと、光希の隣に滑り込んでくる。

「ずっと大好きだった光希が、本当に恋人になってくれたんだなって思うと、幸せでどうしようもない。今なら、空も飛べるかもしれないってくらいに浮かれてる」

遼一は光希の肩にそっと手を回して抱き寄せる。

「……ちょっとは、反省してほしいんだけど」

「暴走したことについてはこの上なく反省します。ごめんね？」

そんな風に言う声はどこか嬉しそうで。

「なんだか本当に夢みたいだ。こんな風に光希と二人きりなんて。……好きな時に、光希と朝から晩まで、誰にも邪魔されずに過ごしたいな……。きっと幸せでいっぱいになれると思うんだけど」

うっとりと言う遼一の言葉は美しい夢物語のようで、同意するのは簡単だったが、

「……遼一さん、お仕事いっぱいあるのに…」

ついそんなことを言ってしまうのは、体がつらくて八つ当たりしたいからだ。

けれど、遼一はまったく気にしていないらしく、

「携帯電話をオフにしてれば大丈夫だよ。二人っきりで、ずっとこんな風に過ごしたい」

笑みを含んだ声で言うと、そっと背をかがめて光希の頬に口づける。

「いつか、光希を毎朝、キスで起こせるようになりたいな」

嬉しそうに言う遼一に、光希は真っ赤になって、

「……ご飯冷めちゃう。薬も飲まなきゃいけないのに」

話を逸らす。

そんな光希が可愛くて仕方ないというように遼一は笑った。

5

机の上に置いていた携帯電話がメールの着信を告げる。

その音に光希《みつき》は携帯電話を手に取り、メールを確かめる。

それは遼一《りょういち》からのメールだった。

遼一からだと分かっただけで、今まではなかった感情が光希の胸の中に湧《わ》き起こる。

『日曜日、家に来てもらってもいい？　仕事が終わるかどうか微妙』

メールの内容はデートの約束の変更だった。

旅行から戻って二週間。

遼一の仕事が忙しくて、直接会う頻度は変わっていない、というかこれまでが月に二度ほどで、旅行後に会うのも日曜が初めてなので、今のところペースは変わらないと言っていいだろう。

ただ、前と違うのはほとんど毎日連絡を取り合っているということだ。

『分かった。じゃあ、家へ行くね』

そう返信して、携帯電話をまた机の上に戻す。

「恋人からの連絡かい？　随分嬉《うれ》しそうだ」

その声に光希ははっとして、その声の主である菅《すが》教授の顔を見た。

「いえ…あの……」

「ああ、プライベートにあまり立ち入るのはよくないな。幸せそうな顔だったからついね」

菅はニコニコして、自分の研究書類に目を戻す。

光希は深く突っ込まれなかったことに安堵《あんど》した。

今日も今日とて光希は講義の空き時間を利用して菅の研究室で、海外の論文資料を読みふけりつつ、ノートに思いつく数式を幾つも並べて数学の世界にどっぷりと浸かっていた。

そういう状態になると、自分のいる場所すら忘れてしまう。

今もそうで、すっかり菅と一緒だということを失念していた。

——気をつけなきゃ。

天然だと——至って普通だと思っているが——言われることが多い光希でも、遼一との関係が世間一般的な尺度から離れていることくらいは自覚している。

理解をしてくれる人もいるだろうが、知られない方が無難だ。

とはいえ、遼一からの連絡があると嬉しくて、つい顔が勝手にへにゃっとなってしまう。

——犬とか猫の尻尾《しっぽ》が勝手に反応しちゃうみたいなもんなんだもん！

と自己弁護をしてみるが「猫」というキーワードが出ると、光希の頭に浮かぶのは高校の物理の時間に教科担当が話した「シュレーディンガーの猫」という量子力学の思考実験の話だ。

一つの蓋《ふた》つきの箱の中に猫と、放射性物質と、それの検出装置、そして青酸ガスの発生装置を一台入れておく。もし、箱の中の放射性物質が発生した場合、検出装置がそれを感知して青酸ガスが発生する仕組みで、そうなると青酸ガスを吸った猫は死ぬ。

だが、放射性物質が出なければ青酸ガスの発生装置は作動せず、当然猫は生き残る。

一定時間経過後、蓋を開けた時に猫は生きているか、それとも死んでいるか？　という話だ。

ここから導き出される思考実験は今もいろいろな解釈がされているのだが、光希がこの話を聞いた時に引っかかったのは、

「なんで猫なんだろ……」

という部分だった。

「猫？」

光希の呟《つぶや》きに萱が目を向けてくる。

「シュレーディンガーの猫です。どうして猫なんでしょうね？　可哀想《かわいそう》じゃないですか。どうせなら蛇《へび》とか、ゴキブリとか、あんまり好かれていない生き物にすればよかったのに思って」

光希の言葉に萱は微笑《ほほえ》ましいとでもいうような様子の笑みを浮かべる。

「なるほど。上林《かんばやし》くんが物理の分野に進まなかったのはそのせいかな?」

「そう…なんでしょうか?　物理は選択肢の中になかっただけなんですけど……頭のどこかで猫のせいで拒否反応があったのかな」

自分のことなのに分からなくて首を傾《かし》げる光希を、菅はやはりニコニコと見つめる。

「私としては、上林くんが数学の道に進んでくれて嬉しい限りだよ。もしそれがシュレーディンガーの猫のおかげなら、シュレーディンガーに礼を言いたいくらいだ」

菅は光希のことをとても買ってくれている。

それはとても嬉しいのだが、学士課程の自分はまだ本当に基礎の部分しか理解できていないので、自分のどこにそんな風に思ってくれる要素があるのか分からなくて、戸惑う気持ちもある。

「……期待に添えるように、いろいろ頑張ります」

とりあえずそう言うと菅はうんうんと頷《うなず》き、光希は猫を頭の中から追い出して論文資料に目を戻した。

◇◆◇

日曜がきて、光希は遼一の家へと向かった。

屋敷という言葉がぴったりの大きな洋館は前庭が広く、庭師がいつも綺麗《きれい》に手入れをしていて、季節の草花が咲いていた。

「ようこそお越しくださいました」

草花を愛《め》でつつ玄関にたどり着くと、執事の前原《まえはら》が迎え出てくれた。

「こんにちは、お邪魔します」

挨拶《あいさつ》をすると前原は目を細める。

「しばらくぶりですね。お元気そうで何よりです。大学生活は順調でいらっしゃいますか？」

前原はずっと屋敷で働いているので、光希のこともよく知っている。

昔は屋敷を頻繁に訪れていた光希だが、遼一が就職してからはその回数も減り、今では季節に一度か二度ほどだ。

今回はお正月に挨拶に来て以来だった。

「おかげさまで、何とかやってます」

「それはようございました。遼一さまはお部屋にいらっしゃいます。後でお茶をお持ちいたしますが、何がよろしいですか？」

それに光希は少し考えてから、

「レモネード、大丈夫ですか？」

そう注文する。

お屋敷のシェフが作ってくれるレモネードは昔から大好きで、喫茶店などでは無難に紅茶を頼む光希だが、ここでは必ずレモネードだ。

「かしこまりました。では、後でお部屋にお持ちいたします」

「お願いします」

前原にぺこりと頭を下げて、光希は勝手知ったる何とやらで遼一の部屋を目指した。

遼一の部屋は二階だ。玄関から二階へと向かう折れ階段を上りきり、廊下を進もうとした時、そこに嗣彦《つぐひこ》が立っているのが見えた。

窓の外を見ていた様子だが、光希の気配に気付いたのか視線を向けた。

遼一とそういう関係になってから会うのは初めて——遼一とも会うのは初めてだが——で、一瞬光希はどきっとする。

だが、光希はできるだけ平静を装って小さく会釈をしてから歩み寄り、改めて挨拶をした。

「こんにちは、お邪魔してます」

「ああ。遼一なら部屋だ」

「はい」

そう返事をして、遼一の部屋へと足を進ませる。

——変じゃなかったよね？

嗣彦との挨拶はいつもああいった形式的なものだ。

会社で会った時は遼一がいたから少し違ったが、大差はない。

だが、今日は何となく違う気がした。

——ううん、僕が意識しちゃってるからそう思うだけだ……。

遼一に好きだと言われた後、態度がぎこちなくなってしまったように、意識しすぎてそう思うだけだ。

考えてみれば嗣彦と顔を合わせることはほとんどないのだから、光希に何かおかしいところがあったとしても、その変化に気付く可能性は低い。

——うん、気にしすぎだ。

自分の中でそう納得させて、光希は遼一の部屋のドアをノックする。

「遼一さん、来たよ」

そう声をかけると、少ししてからドアが開けられた。

「いらっしゃい」

笑顔で出迎えてくれた遼一の姿を見ただけで、光希は心臓が速くなるのを感じた。

「お邪魔します」

何とかそう言って部屋に中に入ったが、直接会うのは旅行から初めてで、ドキドキするし頬《ほお》は熱くなるし、物凄《ものすご》く落ち着かない。

「しばらく会わないとまた元通りになっちゃったかな」

ドアを閉めながら、遼一が笑う。

「大丈夫、まだ慣れないだけだから……すぐに慣れると思う」

「いつまでも初々《ういうい》しいっていうのも楽しいけど、早く慣れてくれるようにもっと濃厚な接触を繰り返した方がいいかな」

「濃厚な接触って……」

まさかそんな返しをされると思っていなかったので、光希はどう返していいか戸惑う。だが、そんな様子さえ可愛《かわい》いというような表情をして、遼一は光希の頭を軽く撫《な》でた。

その感触に『濃厚な接触』という言葉が頭の中をよぎって光希は真っ赤になる。それに遼一は、

「頭を撫でただけで感じちゃった?」

からかうように言う。

「か…んじるとかっ……そんなの、別に……」

「本当にそうかな？　光希は敏感だから可能性としてはなくはないと思うんだけど。……確認させて?」

甘い毒を含んだような声でとんでもないことを言われ、光希は必死で頭を横に振る。

「…やだ……っ！」

その様子に遼一は薄く笑った。

「冗談だよ」

そして、少し申し訳なさそうに切り出した。

「せっかく来てもらったんだけど、まだ仕事が終わってないんだ。光希が来るまでに何とかなればと思ってたんだけど……少し待っててもらっていい？」

いつもとすっかり同じように優しい遼一に、光希はほっとしながら、

「うん、いいよ。丁度ここへ来る電車の中で解いてた問題あるから、それ続けとく」

そう言って、ソファーに腰を下ろす。

「ごめんね」

遼一は謝って、ライティングデスクに向かった。

少しした頃、前原がレモネードを持ってきてくれて、それを飲みながら光希はノートに問題を解いていく。

どれくらいしたのか、人が近づいてくる気配がしてそっちに顔を向けると、遼一が光希の隣に腰を下ろすところだった。

「相変わらず凄い集中力だね」

「あ…お仕事終わったの？」

「一応は。あとは連絡待ちだ」

遼一はそう言って、光希の肩にそっと手を回す。

それだけのことなのに、緊張して少し光希の体が震えた。

「休みの日なのに、忙しいね」

光希は何とか言葉を絞り出す。

「まったくだ。恋人との逢瀬《おうせ》すらままならないなんて拷問《ごうもん》に近いな」

遼一は笑って言うが、言葉の中に含まれていた『恋人』という単語に光希はドキドキしてしまう。

いや、実際にはそういう関係なのだが、まだまだ気恥ずかしい。

「本当に光希はいつまでたっても可愛いな」

光希の様子に遼一は笑みを深くしながら言って、そっと顔を近づけたかと思うと軽く触れるだけのキスを送ってきた。

本当に触れるだけのキスで、もっと凄いキスも、それどころじゃないこともしているというのに光希は頭の中が茹《ゆ》で上がったようになってしまう。

「本当に可愛い……俺だけの光希」

そう言うと遼一は光希の体を抱き寄せて腕の中に抱え込む。

「しばらくこうしてて」

「……うん……」

びっくりするくらい光希の心臓が速くて、頭の中はぐらんぐらんだ。

それでも嫌なわけではない。

多分こういうのを『ラブラブ』だと言うんだろうなと、働かない頭でうっすら思いながら、光希は遼一の腕の中で目を閉じる。

何も言わなくても、こうして一緒にいるだけで幸せだということは、この前の旅行で知った。

いや、多分昔から、遼一がいれば光希はそれでよかった。

特別、どこかに出かけたりしなくても、一緒にいて、同じ空間に遼一の気配があればそれで充分だった。

それなのに今は、物凄く近くにいる。

――なんか、凄い。

どう凄いのか、うまく表現できないが、とにかく凄いと思う。

そして、幸せだ。

――うん、幸せ。

きっと自分が犬や猫だったら、尻尾がパタパタしているんだろうな、なんて思った時、机の上に置かれていた遼一の携帯電話が鳴った。

「……まったく、無粋な」

遼一はそう言ったが、

「連絡待ちしてたんでしょ？」

光希が言うと苦笑した。

「悪いな」

そう言って遼一は携帯電話を手に取ったが、一瞬不可解といった顔をして、電話に出た。

「吉川《きっかわ》？　どうした？」

――どこかで聞いた名前……。

光希がそう思った時、何を言っているのかは分からないが、電話から女性の声が漏《も》れ聞こえてきた。

その声を耳にした途端、光希の胸がざわざわとし始める。

「ああ、ちょっと待って」

遼一はそう言うと、そっと光希を抱く腕を解《ほど》いた。

立ち上がろうとする気配を感じて、光希は遼一から離れる。

遼一は唇《くちびる》の動きだけで「ごめんね」と告げて、立ち上がった。

何か問題が起きたのか、眉根《まゆね》を少し寄せて険しい表情を見せていたが、

「分かった。……今すぐに何かというのは思いつかないから、改めて夜に連絡するよ。それ

でもいいか？　……ああ、悪いな。じゃあ、また」

そう言って電話を切り上げ、戻ってきた。

「お仕事の話？」

それとなく光希が聞くと、遼一は頷いた。

「ああ。……オペラを見に行った時、幕間休憩で会った女性を覚えてる？　俺の同級生の」

そう言われて光希の脳裏《のうり》に、綺麗な女性の姿が浮かんだ。

「うん、美人な人」

──そういえば、吉川って言ってたっけ。だから聞き覚えがあったんだ……。

そう思っていると、

「彼女に通訳を依頼してる仕事があって、その関係の話」

さらりと遼一は説明した。

「そうなんだ」

確かに彼女は通訳をしていた。オペラの時も、クライアントを連れてきていたのを思い出した。

納得してしまうと胸の中でモヤモヤしていたものがすとんと落ちた。

それと同時に、あの日、遼一と彼女が一緒のところを見てモヤモヤしていたのも同じ種類のものだと思い出す。

——あれって、嫉妬《しっと》だったんだなぁ……。

そう思うとあの頃からもう遼一のことが好きだったのかと今さらのように思った。

「これで、光希の誤解は解けた？」

遼一は光希の胸の内を見透かしたように、そんなことを言ってくる。

「誤解って、何？」

「電話してる間、面白くなさそうな顔してたから」

遼一に指摘されて光希は慌てて頭を横に振る。

「そんなことないよ」

「そう？　それはそれで寂しいけどね。女性と電話してて嫉妬もされないっていうのは」

「……疑われたり、嫉妬されたり、そういうの嫌な人の方が多いと思うけど」

光希自身にそんな経験はないが、ドラマや映画の中ではあまりいい感情としては扱われていない気がする。

そんな光希に遼一は微笑むと、

「光希には嫉妬されたいかなぁ。それだけ俺のこと好きだってことだから」

そう言って光希の体をまた自分の方に抱き寄せる。

されるがままになりながら、光希は、

「遼一さんの考えてること、複雑すぎる……」

小さく呟いた。

◇◆◇

いろいろと慣れなくて、戸惑うこともあるものの、遼一のことは自覚するずっと前から好きだったんだろうなと思うと、何となくいろんなことが腑《ふ》に落ちた。

腑に落ちるのと同時に、嫉妬なんていうものも感じるようになっている自分にも気付いて、そんな自分がちょっと厚かましいんじゃないかと思えたりもしてしまう。

でも、遼一は嫉妬されたいなんて言うので、まあいいのかなと思ったり、本当に恋愛初心者の光希は戸惑うことばかりだ。

「お、光希ちゃん一人？　もう昼飯食った？」

数日後、大学の昼休みを菅の研究室で過ごしていると、そう言って澤口《さわぐち》がやってきた。

「はい、さっき空き時間だったんで先に」

「なーんだ、そっか。じゃあ一人で寂しく行ってくるかなー」

「今だと、菅教授がいらっしゃると思いますよ。さっき行かれましたから」

「そうなんだ。なんかおごってもらえ…ねぇよな。じゃあ、行ってくる」

澤口は軽く手を振って研究室のドアを閉めた。

就職活動をしながらの論文作成はかなりタイトらしいと聞いていたが、澤口はそんな様子は見せない。

――澤口先輩みたいな人が研究続けないなんて……。

家庭の事情だから仕方がないのかもしれないが、もったいないと思う。

尊敬する先輩は多くいるのだが、澤口は特別だ。

光希の通う大学では、新入生のサポートを上級生や院生が行う。それは高校で習ってきた数学と、大学で学ぶ数学が大きく違っているからだ。

毎年、ちんぷんかんぷんになる一年生が少なくなく、彼らのための補習や個人的な相談を受けてくれているのだ。

光希が最初に相談に訪れた時に相手をしてくれたのが澤口で、それから何かと世話になったこともあって、他の先輩たちも好きだが、そういう意味で澤口は距離が一番近い気がして別なのだ。

「もったいないなぁ」

光希がそう呟いた時、携帯電話に電話があった。

見たことのない番号で首を傾げつつしばらく様子を見ていたが、切れる気配がないのでとりあえず出てみる。

「はい、上林です」

間違いならすぐに切れるだろうと思っていたのだが、返ってきたのは、聞いたことのある男の声だったが、誰かはすぐに分からなかった。

『光希くんか？』

「はい、そうですが……」

誰だろう、と頭の中で該当しそうな人間を探し始めた時、

『鳴海《なるみ》だ。遼一の父の』

電話の相手はそう名乗った。

「鳴海…社長ですか？」

『ああ。急に電話などしてすまないな。今昼休みかね？』

「そうです」

『今、大学の近くまで来ているんだが、出てこられないか？』

その言葉に光希は戸惑った。

出てこいという理由がよく分からない。

よく分からないが、昼休みだと言ってしまったし、近くまで来ているし、行った方がいい――というよりは行かなければいけないような気がした。

『無理かね？』

「いえ、大丈夫です。あの、どこにいらっしゃいますか？」

『大学の前の通りから少し西に、トロイメライというカフェがあるだろう。そこで待っている』

その店なら行ったことはないが知っている。

外観の雰囲気から察するに、かなり古くから続いているという感じの店だ。

すぐに行きます、と言って電話を切り、光希は財布と携帯電話だけを持って研究室を出た。

店は外観から察した通り、古くから続く喫茶店という様子だった。

客の入りは半分くらいだろうか。年配の人が多い。

その店の一番奥の席に嗣彦は座していて、光希を見つけると軽く手を上げた。それに会釈をして、光希は足早に近づく。

「お待たせしてすみません」

「いや、急に呼び出したのは私の方だ。すまないね」

座って、と続けて促され、光希は嗣彦の前の席に腰を下ろす。

出会ってからかなりになるが、こんな風に向き会うことなど滅多になくて、緊張した。

もっとも、緊張の理由はそれだけではなかったが。

店員が嗣彦が先に注文していたコーヒーを運んでくるついでに光希の注文を聞く。

紅茶を注文すると、

「何か食べなくてもいいのか？　昼食は？」

嗣彦が気を回して聞いてくれた。

「昼食はもう済ませたので、大丈夫です。ありがとうございます。紅茶だけで……」

光希がそう返すと、かしこまりました、と言って店員が下がる。

「もっと学生でごった返しているかと思っていたが、そうでもないんだな」

嗣彦が呟くように言った。

「……みんな学食で済ませるか、駅前のコーヒーチェーン店に行くみたいです」

「私の学生だった時代とは違うようだな」

そう言った後、嗣彦は勉強の方はどうか、など、あたりさわりがないとしか思えないようなことばかりを聞いてきた。

そんなことのためにわざわざ呼び出したわけじゃないだろうとは思うのだが、何の用なんですかなんて聞くこともできないので、聞かれるままに答える。

そのうち紅茶が運ばれてきて、光希が一口飲んでカップを置いた時、嗣彦は小さく息を吐いてから言った。

「遼一と特別な関係になっているね」

その言葉に光希は固まる。

「……」

一瞬で頭に血が上った。

そして、その反応ですべてを嗣彦に見抜かれた。

いや、最初から口調は疑問ではなく確認するものだったから、知っていたのだろう。

「そのことをとやかくいうつもりはない。言ったところで遼一が聞くとも思えないからな。あれにとって、君は特別だ。……母親を亡くして以来、生気を失ってしまったような遼一を救ったのは他の誰でもない君だし、そのことについては感謝をしている。ただ……胸に止めておいてほしいことがある」

光希は返事をすることもできず、ただ瞬きするだけだ。

それを見やって、嗣彦は続けた。

「遼一は鳴海の後継者だ。この先、ちゃんとした家庭を持つということを頭に入れておいてほしい。君のことは幼い頃から知っているから、いい子だということは知っているが、正式に妻として紹介できる立場になり得ないことは理解しているだろう?」

確かに、そうだ。

自分は男で、今のままでは日本では結婚することなどできない。

そんなことくらいは分かっている。

分かっているのに、どうしてこんなに胸が痛いのだろう。

「表に出られる立場ではない。そのことをわきまえて付き合っていかなければならないということも分かるね？」

返事をしなければと思うのに、唇が動かなかった。

黙したままの光希に、嗣彦は少しの間を置き、さらに続けた。

「もし、遼一が君に入れ込んで、結婚そのものを拒むような状況になった時には、身を引いてほしい。その時には生活に不自由がないように、こちらで一切を取り計らわせてもらう。……君は頭のいい子だから、君にとっても遼一にとっても何が最善かは分かるだろう？」

そう言った後、嗣彦は半分ほど残っていた自分のコーヒーを口に運び、飲み干した。

「話はそれだけだ。わざわざ呼び出してすまなかったな」

静かにカップを置き、嗣彦は立ち上がると伝票を持って席を離れる。

光希はまったく何の反応もできないまま、まるで石になったようにそのまましばらくカフェで茫然《ぼうぜん》としていた。

6

その日の午後の講義を、光希は受けることができなかった。

あの後、店員に「お加減が悪いんですか？」と心配されて、何とか我に返ることができ、研究室に戻ったのだが、研究室に集っていたメンバーに顔色が悪いと心配されて家に帰ることになった。

無理に講義に出たところで、何も頭に入りはしなかっただろうから、みんなの忠告は正しかったと思う。

そして帰ってきてからも、光希は自分の部屋のベッドの上でうだうだと考え込んでいた。

遼一が鳴海の後継者であることは最初から分かっていたことだ。

その責務として、もし光希がイエスと言わなければ、後継者の義務として父親が決めた相手と結婚することになるだろうとも話していた。

結婚して、家庭を持ち、後継者となる子供をもうけること。

それが責務だとも。

そして、光希が男である以上、子供を生むことはできない。それを考えれば光希がイエスと言おうと言うまいと、しかるべき女性と結婚して子供を作ることは必須だ。

嗣彦の言う通り、自分の立場が「表には出られない存在」であることも分かる
それが仕方のないということも。

だが、吉川からの仕事の電話だけでも嫉妬しそうになっている自分に、そんな状態が我慢できるだろうかと思う。

——遼一さんが他の誰かと結婚して、子供を作って……。

そんな状況を目の当《ま》たりにして、関係を続けていけるのだろうか？

もちろん、今すぐというわけではないだろうから、その前に遼一と別れ話が出るかもしれないけれど、でもうまく関係が続いたとすれば、いつかはそういうことに直面するのだろう。

——覚悟を決めろって、ことなんだろうな……。

そうは思うが、考えることさえ嫌だ。

「……もう…分かんない……」

何が分からないのかも分からない。

初めて人を好きになった光希にはすべてが分からなかった。

分からなくて、今は何も考えたくなかった。

それなのに、気がつけば頭の中に嗣彦に言われた言葉が蘇って——光希は堂々巡りを繰り返す思考に翻弄された。

◇◆◇

『悪いこと』というのは時々狙いすましたようにピンポイントで続くらしく、遼一と会う約束が二度続けてキャンセルになった。

一度目は、遼一の亡くなった母親の方の祖父が倒れて入院したため見舞いに行かなくてはならなくなったためで、もう一度は仕事だった。

どちらも光希が気にするような理由ではないキャンセルなのだが、嗣彦に自分の立場について言及された直後であるせいで、もしかしたら嗣彦の差し金ではないのか、とか、遼一も嗣彦から何か言われて距離を置こうとしているんじゃないか、などと邪推してしまう。

そんな風に思ってしまう自分も嫌で、モヤモヤしきりだ。

「光希ちゃーん、最近ずーっと元気ないねぇ」

一人でいても気が滅入《めい》るので、いつも通りに菅の研究室をベースキャンプ状態にして、自習をしたり手伝ったりしているのだが、どうやら傍目《はため》には「いつも通り」ではないらしく、居合わせた院生の甲斐《かい》がそう声をかけてくる。

「そうですか？」

「うん。心なしか頬《ほ》っぺたに艶《つや》がない」

甲斐はそう言って光希の頬を撫でる。

「悩み事があるなら言えよ？　解決はしてやれないけど、聞くのは聞くから」

甲斐の言葉に、

「解決できねぇのに言えとか、相談の意味ないじゃん」

同じく院生の深川《ふかがわ》が言う。

ここに澤口を交えた三人が光希の頬を触り倒していたりする。

「大丈夫です。枕を変えたらちょっと夢見が悪くなって、寝不足気味なんです」

光希はそう言ってごまかす。

心配してくれているのは嬉しいが、事情など話せるわけもないのだ。

だから、一人で考え込むしかない。

幸い、考え込んでいても半分くらいは数学のことを考えているんだろうと思ってもらえるのも、数学科のいいところだと思う。

「それならいいけど、おまえに元気がないと澤口がキレるからな」

「先輩、俺がいない間の管理をどうしてるんですか！　ってな」

甲斐は澤口と同じ修士課程に在籍しているが、博士課程に進むらしい。そして深川は博士課程の一年だ。

「つくづくいい先輩に恵まれたと思います」

光希はそう言ってちょっと笑う。

「そうそう、そうやって笑っとけ。澤口には特にな。あいつ、就職活動で相当大変らしいから労《いたわ》ってやんないと」

甲斐の言葉に光希は少し首を傾げた。

「やっぱり、就職活動って大変なんですね」

「まあな。どこでもいいっていうならあるんだろうけど……。あいつが就職っていうのももったいない話だよな。俺なんかより才能あるし、事情が許せば上に進んだ方がいいんだけど……これればっかりはな」

甲斐が言うと深川も頷いた。

「自分の伸びしろを見限ることもないのにな」

「……家庭の事情っておっしゃってましたけど…どうしても無理なんでしょうか」

光希が言うと、甲斐は笑みを浮かべた。

「おまえに惜しまれてるって知ったら、あいつ喜ぶぞ」

「だな。光希がいるから、全部託せるって言ってたから」

続けた深川の言葉に、光希が「え?」という顔をすると、深川は、ヤバいという顔をして、

「今の聞かなかったことにしろよ。追加で聞いても俺は答えないからな」

そう言い、甲斐も、

「俺の口も今から貝になったから。甲斐だけに、貝」

ダジャレを交えて口にチャックをザスチャーで行う。

「そう言われたら余計に気になるんですけど……」

「気になっても俺たちの口からは言えない。直接本人に意味を聞け。俺たちから聞いたと言わずに風の噂《うわさ》で聞いたことにして」

そう言うと二人はそそくさと光希から離れて、それぞれに研究論文の読み込みを始める。

こうなると話しかけないというのが暗黙のうちに出来上がったルールだ。

――余計にモヤモヤしちゃった……。

それでも、しばらくは研究室にいたのだが、論文資料を目にしていても少しも頭に入ってこないので、光希は諦めて帰ることにした。

何か気晴らしに、と光希は最近立ち寄っていなかった本屋をいろいろと巡ることにした。

特に欲しい本があるわけではないのだが、どんなものが今はやっているのかだったり、まったく自分の知らない世界の本を読んだりするのは世界が広がるようで楽しい。

何軒かの本屋を巡り、少し疲れてきたのでどこかで休憩をと思いながら歩いていると、ふっと風景の中に引っかかるものを感じた。

それに注意深く視線を巡らせると、たった今通り過ぎたカフェの窓際の席に遼一がいるのが見えた。
――あ…遼一さん。
姿を見るだけで胸が大きく跳ねる。
思わず手を振りそうになったが、すぐに遼一が誰かと一緒にいるのに気付いた。
女性だ。
遼一は深刻そうな顔をしていた。
気になって光希は反対側の通りに移り、そこから二人の様子を覗《のぞ》き見た。
女性は吉川だった。泣いている様子で時折目元にハンカチを当てていた。
遼一は彼女の肩にそっと触れて、何か慰めている様子だ。
光希の胸の中がザワザワした。
オペラを見に行ったあの時よりももっと強いものだ。
――何、話してるんだろう……。
気になる。
あの時も二人はとても親しそうだった。
それにこの前の電話……。
――ううん。仕事を頼んでるって言ってた。だから多分、それの話だ。
光希は必死で自分にそう言い聞かせて、急いでその場を離れた。

もう、休憩したいなんて思えなかった。

それよりも、今すぐ家に帰りたかった。


その夜も遼一からはいつもの通りに連絡があった。

昼間のことを聞いてみたかったが、どうしても聞けなくて、仕事のことだと思いたいのに頭のどこかで違うと意地悪に告げる声もして、光希はそれまで以上にモヤモヤを抱え込んだ。

久しぶりに遼一と会えることになったのはその週末だ。

前と同じように遼一の部屋で会ったのだが、遼一はかなり疲れた様子だった。

「大丈夫？　かなり疲れてるみたいだけど」

「ちょっとね。ここしばらくハードワークだったから……」

そう言って笑った顔もいつものような元気はなかった。

「だったら、今日はゆっくりしてた方がよかったんじゃないの？」

その光希の言葉に、遼一はとんでもないという様子で頭を横に振った。

「それだと体は休まっても、癒《いや》されないだろう？　もうどれだけ光希と会ってないと思う？」

「どれだけって…三週間」

それはこれまでのペースからすると大して珍しくない日数だ。

だが、

「毎日でも会いたいのに、三週間も、だ。一体何度光希を攫《さら》いに行こうかと思ったか分からないよ」

遼一はそんな風に言いながら、光希をソファーへといざない、抱き込むようにして座る。

「光希は？　元気にしてた？」

そう聞かれて、光希は頷いた。

「うん…元気」

「そう？　ちょっと元気がないみたいに見えるけど」

その言葉にドキッとしたが、

「講義のレポートでちょっとバタバタしてたから、睡眠不足かも」

適当な嘘《うそ》をつく。

「だったら、光希の方こそ、家でゆっくり休みたかったんじゃないのか？」

「そんなに深刻な睡眠不足じゃないから大丈夫。それに、遼一さんがゆっくりするなら、僕もゆっくりできるから丁度いいよ」

光希がそう言うと、それもそうだな、と言って遼一は光希を腕に抱いたまま軽く目を閉じる。

「……寝ちゃう？」

「いや、寝ない。せっかく光希が一緒なのにもったいない」

閉じていた目を薄く開けて遼一は言う。

「……僕が寝ちゃうかも」

「そうなったら、寝顔を堪能させてもらうよ」

そう言ったが、遼一は再び目を閉じた。

眠るつもりはないのだろうが、寝てしまうかもしれない、と思う。

それほど疲れている遼一に、吉川のことを聞くのはもちろん、嗣彦とのことも言えるわけがなかった。

——社長のことは別として、吉川さんとは仕事だと思うし……。

胸の中のモヤモヤの半分だけでも何とか折り合いをつけようと、光希はこれまでにも何回か繰り返した言葉を胸の内で呟く。

その言葉がまったく何の効果もないことは分かっていたが、今はそれくらいしかできないのだ。

そのままじっとしていると、机の上に置かれていた遼一の携帯電話が着信を告げた。

ふっとその音に視線を向けると、液晶には『吉川』と表示がされていて、光希の心臓が嫌な跳ね方をした。

遼一は面倒臭そうに目を開けると携帯電話に手を伸ばし、画面に表示されている名前を目にした途端顔色を変えた。

「俺だ…どうかしたか？」

遼一の言葉に相手が何か返事をしているのがかろうじて分かる。遼一の口調から深刻そうな様子がうかがえた。

「いや、まだ何も…機会をうかがっているところだ。…ああ、そうだな。こちらでも何とかする。相手の出方は多分この前話したうちのどれかだろう。……いや、構わない。進展があったら連絡する。じゃあ」

そう言って遼一は電話を終えると、テーブルの上に携帯を置いた。

「……吉川さんから？」

「ああ、よく分かったな」

隠そうともしないで遼一は肯定した。

「さっき、液晶に名前出てたの見えちゃったから」

「それでか。光希が超能力者にでもなったのかと思ったよ」

軽い口調で遼一は言う。

それに光希もできるだけ軽い口調を装って言った。

「この前、遼一さんと吉川さんが喫茶店で一緒にいるところ見たよ」

その言葉に遼一はあからさまに戸惑った様子だった。

「喫茶店で……ああ、仕事のことで少しな」

遼一はそう言うと光希を抱き締め直した。

「少し、トラブルが続いていて落ち込んでる。俺も、吉川も」

遼一の言葉には嘘はなさそうだった。

遼一が落ち込むほどのトラブルならば、女性である吉川が涙を流すほどのものであったとしてもおかしくはない。

辻褄《つじつま》は合っている。

そう思うのに、頭の中で嘘をつかれてるんじゃないのか？　と声がした。

——そんなことない。僕は遼一さんを信じてる。

遼一の腕の中にすっぽりと閉じ込められながら、光希は必死でその声に抗《あらが》った。

7

数日後、光希は澤口と一緒にデパートに来ていた。

来月、萱の誕生日がある。ゼミ生の有志で何かプレゼントを貰うことになったのだが、研究で忙しいゼミ生のほとんどがなかなか出かける都合がつかず、

「金は出す。だからいい感じの物を見繕ってきてくれ」

と、比較的時間に余裕のある光希に投げてきたのだ。

『いい感じの物』などというアバウトな注文に頭を悩ませていると、就職活動に嫌気が差してきたという澤口が一緒に来てくれることになったのだ。

いろいろと商品を見て回り、最終的に決めたのは万年筆だ。

今、萱は持ち歩きのメモにはボールペンなのだが、以前は万年筆を使っていたらしい。それをどこかで落としてしまって、それ以来ボールペンだということを澤口が思い出してくれたのだ。

「気に入ってもらえたらいいんだけど」

いろいろと試し書きをした中で、一番滑りのよかったものを選んだつもりだ。

「大丈夫だろ。何年か前に女子生徒からもらった熊の置物を律儀に未《いま》だに飾ってるくらいだ。

実用品なら尚《なお》のこと喜んでもらえるって」

澤口はそう言って光希の頭を撫でる。

「微妙な顔をされたら、澤口さんのチョイスですって言っておこう……」

「何気に酷《ひど》いなぁ」

澤口は気にした様子でもなく笑って返してくる。

菅の誕生日プレゼントを買う、という目的は無事に達成したのだが、その後特に急いで帰らなくてはならない用事もなかったので、光希は澤口と一緒にデパートの中をぶらぶらと見て歩いた。

「澤口さん、やっぱり就職活動って大変ですか？」

歩きながら聞いた光希に、澤口は苦笑いを浮かべる。

「まぁな。簡単だとは思ってなかったけど……」

「澤口さん、院に残ればいいのに」

光希の言葉ににやりと笑う。

「寂しいからか？」

「そういうんじゃないです。もったいないって思うから。先輩、凄い人なのに」

「お世辞でもそこはちょっと寂しいって言っとけよ」

「じゃあ、ちょっと寂しいです」

「取ってつけたような発言ありがとう。……まあ、俺もできりゃ研究続けたいって思うんだけどさ……、親父《おやじ》が入院しちまってな。弟が光希ちゃんの一つ下で、去年大学に入ったところだから、まだまだ学費がいろいろかかるんだよ。弟の分は何とかなっても俺の分までってわけにいかないからさ。まあ、博士課程まで行って就職よりは、今の方がまだ就職しやすいから……」

家庭の事情だとしか聞いていなかった光希は驚いた。

「お父さん、大丈夫なんですか？」

「ああ。死ぬか生きるかってわけじゃないけど、退院しても今まで通りにってわけにはいかないって感じ」

そこまで言って、澤口は光希の頭をまた撫でる。

「光希ちゃんがそんなシケた顔しないの。別に拗《す》ねた言い方するわけじゃないってことだけは理解してほしいんだけどさ、自分の才能みたいなもんの限界ってちょっと感じるんだよ」

「そんな、限界なんて……」

「ありがとなー。けどやっぱな。でもあんまり悲観もしてない。俺が知りたかったこと、多分、将来光希ちゃんがやってくれんじゃないかとか思うし。もし光希ちゃんがフィールズ賞取るとか、ミレニアム懸賞問題のどれかを解くとかした時には、『あいつは俺が面倒見てやってたんだよ』って自慢しようと思ってる。あと、取材とかもバンバン受けて、とか。今からコメント準備しとこうかな」

そう言って澤口はやっぱり笑うのだが、光希はどうしても納得できなかった。

そこまで自分を買ってくれる理由が。

「僕は、そんなに期待されるほどじゃないと思うんですけど」

その光希に、

「天才は無心なんだってよ」

妙に哲学っぽいことを澤口は言う。

「はあ……」

「いいなぁ、そのなかなかのきょとん顔。写真撮っとこうかな」

携帯電話を本気で取り出した澤口に光希は慌てて顔を隠す。

「撮らなくていいです」

「ちっ、将来、週刊誌に売って小銭稼ごうと思ったのに。……まあ、俺が感じたのは発想の柔軟さだよな。その発想はなかった的な。それがまた結構鋭かったりするし……そもそも新入生の時点で、とんちんかんな部分が多少あるにしても俺らの話に食いついてくるなんてそうそうないよ。ミレニアムのホッジ予想なんか俺、院に進んでから問題文理解できたみたいなところあるのに、光希ちゃんは理解できてるんだろ？」

「……何をもって理解しているかという定義が曖昧《あいまい》ですけど」

「数学者的な返事ありがとう」

「でも、それは菅教授から解説してもらったりしたからだし」

「たとえそれでも理解できたっていうのが凄いと思うわけだよ。この小さな頭の中はきっといろんな情報がとりとめなくつながってんだろうなと思うと、分解して覗き込んでみたい気持ちになる」


澤口は光希の頭を両手でがしっと摑むとシェイクするように振ろうとする。

「やめてください。分解した後元通りにできなくなって、後でねじ一本あまってたとかそういうことになるのは目に見えてるんですから」

「光希ちゃんの頭骸骨はねじ止めされてたのか」

「オリハルコン製のねじです」

「そういう返しが好きだわ」

澤口はそう言って光希の髪を搔《か》き混ぜるようにしてぐちゃぐちゃっと撫でて手を離す。

「もう……乱れるじゃないですか」

手櫛《てぐし》で整える様子を澤口はやっぱり笑って見ている。

自分に期待をしてくれているというのは嘘ではなさそうで、就職をしなくてはいけない理由というのも理解はできた。

それでもやっぱりもったいないないなと思うのだ。

「さて、と。あ、悪い。赤ちゃん用品売り場行ってもいい？」

不意に澤口が言った。

「いいですけど…どうしてですか？」

「俺、わりと肌《はだ》弱いんだよ。ひげ剃《そ》った後のローションとかで唯一肌荒れしないのが赤ちゃん用でさ」

「確かに肌には優しそうな気がしますね。……赤ちゃん用品って何階だろう」

言いながらエレベーターホールまで向かい、案内板で探すと今いる階の二つ下であることが分かった。

丁度エレベーターが来たのでそれに乗って降りると、子供用品売り場と同じらしく、子連れ客や、孫に何かを買い求める老夫婦などがちらほらと見えた。

男子学生二人でうろつくには多少勇気がいるフロアだが、目的の売り場は一番奥だった。

「アウェー感たっぷりだな」

「まあ、だったらどこがホームなんだと言われたら答えづらいですけど」

そんなことを言いつつ、奥へと向かう。

売り場で澤口はすぐに目的の物を探しに行き、光希は新生児用のおもちゃや、浴用グッズなどをぼんやりと見る。

その時、

「吉川、こっちにもあるが、これは別なのか？」

遼一の声が聞こえて、光希は反射的にそっちを見た。

そこにいたのは遼一と、そして吉川だった。

「それはちょっと大きいのよ。一歳を超えてからね」

「充分小さいと思うんだが、生まれたてはもっと小さいのか」

「この服がジャストのサイズで生まれてきたら、出産が大変すぎるわよ」

そう言って吉川は笑う。

この前は泣いているところだったが、笑うととても華やかで、やっぱり綺麗だった。

遼一と並んでいてもまったく引けを取らない。

むしろ似合いのカップルという言葉がぴったりだ。

「確かにそうだが……まだ目立たないな」

遼一はそう言って吉川のおなかのあたりを見た。それに吉川は軽くおなかに手をやり、

「六カ月を超えたら急に来るらしいわ。そうなったらゆったりしたラインのワンピースしか着られないわね」

幸せそうな表情で言った。

――どういうこと……？

光希の頭の中がグラグラし始める。

吉川と会っていたのは仕事だと言っていた。

「男か女か、調べるのか？」

「その方が合理的に買い物ができていい気もするけれど、どうするかは決めてないわ」

「男ならいいな。そうすれば後継ぎにできる」

遼一がそう言った時、

「光希ちゃん、待たせてごめん」

商品を購入し終えた澤口が光希を呼んだ。

それに遼一が声のした方へと視線を向け、光希を視界に収めた。

視線が合った瞬間、光希は走って逃げ出していた。

「光希ちゃん……っ？」

「光希！」

澤口と遼一の声が追ってきた。

どうして逃げてしまったのか自分でも分からないが、逃げた以上捕まりたくなくて、光希はデパートの中を無駄に上下して逃げ回り、完全に巻いてからデパートを出た。

その前から携帯電話に遼一から何度も電話とメールの着信があり、光希は途中で電源を落とした。

今は声を聞くのも、メールを見るのもつらかった。

家に帰ると、この後もし遼一が来ても会わなくて済むように、頭が痛いから寝てくる、と母親に告げて部屋に引きこもる。

様子を見に来られても疑われないように布団の中に入ろうとするが、一人になった途端力が抜け、思わずベッドの上に座り込み目を閉じていると、目蓋の裏にはデパートで見た遼一と吉川の姿が映し出された。

二人の様子から、吉川のおなかの中の子供のための物を選んでいると察することができた。

そしてその子供の父親は遼一なのだろう。

『男ならいいな。そうすれば後継ぎにできる』

そう、決定的な言葉を遼一は言っていた。

——美人で、頭がよくて……凄くお似合いって感じだった。

もしかしたら、嗣彦が選んだ女性というのが吉川なのかもしれない。

そうだとすればいろいろと辻褄も合う。

オペラで会った時も、久しぶりと言ってはいたが、それよりも頻繁に会っているというような感じがしたし、光希と会っていた時にも電話があった。

——二股《ふたまた》、なのかな……。

それとも「鳴海の後継者としての義務」として選んだのが吉川で……。

何をどうやっても好意的になんか考えられないのと同時に、嗣彦が言っていた「表に出られる立場ではない」という言葉は、胸に重くのしかかってきた。

――ああ、そうか…。こういうことなんだ……。

遼一のことを好きになるということは、こういう現実を伴うということなのだと理解した。

――そうだよね、普通の人じゃないんだから……。

光希なら、弟の和晃《かずあき》がいるし、仮にどちらも結婚せず、家系が途絶えることになったとしても、それは一家庭の話で済む。

だが、遼一は違う。

鳴海の創業家として、跡取りを望まれる立場だ。

それも、優秀な跡取りを。

――最初から、住む世界が違ってたって分かってたのにな……。

王子様みたいだった遼一。

王子様にはお似合いのお姫様が現れる。

吉川のような、お姫様が。

そう思うと涙が溢《あふ》れてきて、止まらなかった。

◇◆◇

翌日、光希は菅の研究室で澤口と会った。菅は講義に出ているらしく、澤口しかいなかった。

「よかった、光希ちゃん出てきた……けど、何その顔」

澤口は光希の姿を見るなり安堵し、そして顔を見て眉根を寄せた。

昨夜、泣きながら眠ってしまったせいで朝起きた時には目蓋が腫《は》れて酷い有様だった。

実際、目蓋が重くてどんよりしている。

「昨日は、すみません」

「いや、いいけど……どうしたの、それ」

「……昨日、帰ったら頭が痛くて仕方がなくて…涙目が酷かったからそれでだと思います」

「……ストレスからくる頭痛的な感じ？」

心配そうに澤口は聞く。

実際心配をかけたと思う。デパートからいきなり逃げ出して、その後携帯電話の電源も落としてしまっていたから。

朝になって電源を入れたら、遼一からメールが鬼のように届き、その合間に澤口のメールが来ていた。

遼一のメールは別ホルダーに振り分けられるように設定しているが、多分今も来ているんだろうと思う。

「……かもしれません。ちょっと、会いたくない人と会っちゃったから……」

「そっか。今は頭痛は治まってるの？」

「はい。心配をかけてすみません」

光希がぺこりと頭を下げると、澤口は頭を横に振った。

「いいって。たまにはそういうこともある」

そう言って頭を撫でると、

「ハンカチかなんか濡らして目元冷やした方がいいぞ。ちょっとはましになる。菅教授に今の顔見せたら心臓に悪い」

おどけた調子で言って、ハンカチを濡してくる。

「何日か前から入りっぱなしだけど、使ってないから、多分綺麗だ」

元気づけようとそんな風に言ってくれているように思えた。

「微妙な綺麗さですね……。ありがたくお借りします」

とりあえず乗っておいて、ハンカチを借りる。

「じゃあ、俺、図書館行ってくる。またな」

「はい。行ってらっしゃい」

澤口を送り出すと、研究室には光希一人になる。

そのことをありがたく思いながら、光希は借りたハンカチをポケットにしまい、自分のハンカチを濡らしに部屋を出た。


ちょこちょこと目元を冷やしたおかげか、午後には多少腫れぼったいかなという程度にまで収まったのだが、それまでに出会った人物には全員からどうしたのかと心配された。

澤口にしたのと同じ説明をすると納得してもらえたので安堵しつつ、光希は何とかその日の講義をすべて終えた。

頭の中では昨日のことと嗣彦に言われた言葉がグルグルと回っていたが、それでもまだ昨日よりはましだ。

何とか頑張れば講義の方に集中することはできた。

違っているのはいつもならボーっとしていても頭の中では数式や図形がグルグル回っているのに、今日は気がつけば昨日のことを思い出してしまっているということだ。

——考えたところで、仕方がないのに……。

胸の内でため息をつき、光希は校舎を出る。

そして門へと続くアプローチに出た時、正門のあたりに遼一がいるのを見つけた。

それに光希は反射的に踵《きびす》を返し、校舎の中に逃げ帰った。

――どうしよう……。

会いに来たことは分かる。

でも、会いたくなかった。

会ってする話が、きっと昨日のことなのだと思うと、それだけでつらくて仕方がない。

――ごめんなさい。

光希は謝って別の門から外に出て、駅分歩いてそこから電車に乗って家に帰った。

家に帰ってからも気分が晴れることなどなかった。

それに追い打ちをかけるように、その夜、夕食の席で、

「光希、今日、鳴海部長から光希は元気かと聞かれたが、何かあったのか？」

そう聞かれた。

その言葉に光希は息が止まりそうになったが、首を傾げた。

「別に何もないよ……。あ、もしかしたら、携帯電話昨日途中で充電切れちゃって、今日は充電したまま持っていくの忘れちゃったからそれでかもしれない」

よくそんな嘘がスラスラ出てきたな、と思う。

「兄ちゃん、相変わらずなんだから。充電器持ち歩いた方がいいよ。スマホはあっという間に電池なくなるんだから」

和晃がそうかぶせたことで、父親も納得した様子だったが、

「それならいいが、部長に迷惑をかけたり心配かけたりするなよ。仕事でいろいろ忙しい人なんだから」

そう付け足してきた。

「うん、後で連絡しとく」

とりあえずそう返した光希だが、なんだか自分だけが悪者になったような気がして、気分はさらに落ち込んだ。

夕食も疑われないように出されたものをちゃんと食べ切って、部屋に引き上げてきたが、何を食べたのか味を思い出せないくらい、上の空だった。

ベッドに腰を下ろし、背骨が抜けたように横に倒れ込む。

「……僕が悪いの？」

いや、悪いんだろうと思う。

罪悪感を感じているのだから、悪い部分は少なからずある。

けれど、そこを責められるほど悪いことをしたのかと思うと、違うはずだと反抗したくなる。

——何も知らないくせに。

胸の中でそう毒づいた時、カバンの中で携帯電話が鳴った。

のろのろと体を起してカバンを探り携帯電話を取り出すと、液晶画面には遼一の名前が表示されていた。

出ようか、どうしようかためらったが、ここで無視をしてまた父親に何か言われても面倒なのと、やはり罪悪感があったのとで、光希は無視せずに電話に出た。

「もしもし」

返ってくる声は怒声かと身構えたが、

『光希？　よかった…出てくれて』

耳に聞こえたのは安堵した声だった。

その声だけで鼻の奥がツーンとして、光希の目から涙が溢れた。

『光希、今、大丈夫？』

かけられた声に何か返そうとしても、しゃくりあげる声しか出てこなくて、光希はボロボロと涙を零《こぼ》す。

『光希……』

名前を呼ばれるだけで胸が痛い。

「……今…っ…まだ……、っなし、を聞け……な…から……」

嗚咽《おえつ》にブツブツと何度も声を途切れさせながら、光希は続けた。

「そ……と…、し…っ……しとい、て……」

何とかそこまで言って、光希は電話を切る。

もちろん、今の返事で遼一が納得していなければ再び電話が鳴るだろうとは分かっていた。

だが、その後、遼一から電話がかかってくることはなかった。

◇◆◇

それは望んだ静寂だった。

あれ以来、遼一から連絡はない。

別のホルダーに振り分けていたメールも増えていないし、連絡用アプリも沈黙したままだ。

そっとしておいてほしいと言ったのは自分で、遼一はそれに応えてくれただけだ。

それなのに、話を聞こうともしない自分に愛想《あいそ》をつかしたんじゃないかとか、もうどうでもよくなったんじゃないかとか、悪いことばかり考えてしまう。

「相変わらず元気がないね」

菅の声に、光希は見ていた論文から目を上げる。

自分にかけられた声だと分かったのは、研究室には今、菅と光希しかいないからだ。

「そう、ですか？」

「少なくとも春先の君の快活さはないように思えるね」

「すみません」

謝った光希に菅は頭を横に振る。

「謝るようなことではないよ。体調が悪いのでも、思い煩っているのでも、つらいのは君だ」

菅はそう言ってから少し間を置き、

「もし、君の不調が気持ちの面からきているなら、この話題は少し君の心を軽くできるかな？」

そう切り出した。

「なんでしょうか？」

「海外留学の話が来ている。将来を有望視できる生徒数名の留学をサポートしたいと言ってくれている企業があるんだ」

「留学、ですか」

「ああ。かなり条件がいい。渡航費用と向こうでの学費もその企業が出してくれる。住居も企業が指定するところなら光熱費もすべて持ってくれるそうだ。こんないい条件のサポートはあるもんじゃない。私は是非、上林くんを推薦したいと思っているんだよ」

「僕を……ですか？」

「ああ。まだ私のゼミ生というわけではないが、優秀な学生であることには違いないからね。

英語圏なら問題ないだろうし」

確かに、それは破格の条件に思えた。

だが、それと同時に疑いも湧き起こった。

「凄い条件ですね。……どんな企業がスポンサーになってくれるんですか？」

光希が問うと、萱は机の上の茶封筒から一枚の紙を取り出し、企業名を告げた。

「鳴海産業だ」

その名前を聞いた途端、光希は冷や水をかぶせられたような気持ちになった。

――僕が邪魔ってこと……。

恐らくは嗣彦の計画だろう。

「いい話だと思うんだが、あまり乗り気ではなさそうだね」

光希を見やり、萱は言う。

「いえ、そんなことないです。ただ、急な話なのと、条件がよすぎるのとでちょっと警戒してます……」

「まあ確かにそうだ。私もにわかには信じられなかったが、本当に鳴海産業からの話だよ。安心しなさい」

「……考えさせてもらって、いいですか？　僕の一存で決められる話でもないので」

光希は不自然にならないようにそう返した。

「ああ。そういう話がある、というだけだからね。数学科全体に来ている話だから、推薦したからといって必ずしも決定というわけではないし、希望者を募るということにもなるだろうから」

菅はそう言ったが、光希に先に話したということは、ある程度の決定権を菅が持っているのだろうと思えた。

「ありがとうございます」

礼を言い、光希は留学ができそうで嬉しい、という様子を装いつつ、次の講義まで時間を潰した。

もう論文は目にも入ってこなかった。


家に帰ってからも、光希はボーっとしていた。

――まさか、こんなに早く僕をどうこうしようとしてくると思ってなかった……。

あの時の嗣彦の口調からすると、二、三年は先だろうと思えたのだ。

だが、あれからまだ何週間かしか過ぎていない。

それで光希を海外に出そうとまで画策しているのだ。

よほどの「何か」があったとしか思えなかった。

――もしかしたら、吉川さんのおなかに赤ちゃんがいることが関係してるのかな……。

子供が生まれるにあたって、やはり光希の存在は邪魔になると結論づけたのかもしれない。

いや、実際邪魔だろうと思う。

絶対に表には出られない関係で――その上今は遼一とも連絡を取っていない。

――もしかしたら、遼一さんも留学させようって思ってるのかな。

二人の意見が一致して、もしかしたらあの破格の条件の留学は口止め料なのかもしれない、なんて思う。

「光希、どうした、ボーっとして。全然食事が進んでないじゃないか」

父親の言葉に光希ははっとする。

「え…あ……」

見れば茶碗《ちゃわん》を持ったまま、光希は固まっていた。

みんなはもう半分ほど食べ進めていて、おかずもかなり減っている。

「最近、元気がないし……どこか体が悪いんじゃないの？　一度お医者様に行ってきたら？」

母親が心配そうに言うのに、光希は頭を横に振った。

「ううん、大丈夫だよ。体は、平気」

「でも……」

「今日、大学で留学の話があるって教授に言われて……」

光希は破格の条件での留学だということを話した。

「急な話だから、ちょっとボーっとしちゃって」

「いい条件じゃないか。幾何でも分野によっては海外に出た方がいいこともあるんだろう？」

「費用のほとんどをあちら持ちだなんて……。あら、でもお父さんが鳴海に勤めてるとなるとやらせだとか何とかうるさいかしら？」

母親はそんな心配をしてくるが、やらせには間違いないだろうと思う。

「条件は、本当に凄くいいんだ」

「条件がいいのに乗り気じゃなさそうだけど」

渋い顔で言ったのは和晃だ。

それに光希は慌てて否定する。

「そういうわけじゃないよ。急だから驚いて、何て言うか…夢見てるみたいって言うか」

「若いうちに何でも経験しておいた方がいいわよ。和晃もそういう話があったら、乗りなさいね」

母親は浮かれた様子で言う。

「話があればね」

適当な返事をして和晃はさっさと食事に戻る。

それを合図にみんなまた食べ始めたのだが、

「そうか、留学か……」

感嘆したように呟く父親の声が耳に痛かった。


食事の後、光希が自分の部屋に戻りベッドの上に座っていると、和晃が来た。

「なあ、兄ちゃん。ホントは何があったの？」

後ろ手にドアを閉めながら、問う。

その問いに戸惑いながらも光希は頭を横に振った。

「何って、別に何もないよ」

「……無意識かもしんないけど、その座り方してて何でもないってことは絶対ない」

その指摘に自分の座っている態勢を見て、言葉に詰まる。

以前指摘されたのと同じ、トレーナーの中に足を突っ込んで体育座りをしていたのだ。

「留学のことで悩んでるだけ」

そう言ってみたのだが、和晃は信じていない様子で、少し間を置いてから口を開いた。

「遼一さんから、俺んとこに相談っつーか、連絡的なもんがあってさ」

和晃の言葉に光希は目を見開く。

「遼一さんから……、今日？」

「今日じゃなくて、もう、ちょっと前から。……春休み終わったくらい。驚くかもしんないけど兄ちゃんに好きだっつったって」

さらりと言われたが、光希は返事どころじゃなかった。

「一応つきあうことになった、みたいな話聞いて。あ、ゴールデンウィークの旅行は遠慮したわけじゃなくて、俺マジで用事あったから。……そう頻繁ってわけじゃなかったけど、最近兄ちゃんの様子がおかしいなって思ったら、兄ちゃんの様子はどうだってメール来た。詳しいことは教えてくれなかったけど、遼一さんがらみだろ、どうせ」

もう、ほとんどのことは知っているような感じの口調だった。

光希にしても、一人で抱え込んでいるのが限界にきていた。

「……遼一さん、赤ちゃんできたみたい」

「はぁ?」

和晃の眉根が強く寄る。

「あ、遼一さんが妊娠したってことじゃなくて」

慌てて訂正したが、

「それくらい分かるよ」

つっけんどんに返されて、光希は俯《うつむ》いた。

「ごめん」

「兄ちゃんとも付き合っといて、他の女ともってことだろ？」

それに光希は俯いたまま頷いた。

「マジな話なわけ？　浮気っつーか……遼一さんにしたらどっちが浮気か分かんないけど」

「赤ちゃん用品、一緒に見てた。男だったら後継ぎにできるとか、話してたの聞いた。……相手の人、遼一さんの大学時代からの友達で、凄く美人で……」

「聞いたってだけで、確認はしてないんだろ？　どういうことなんだって確認すればいい話じゃん！　ていうかそうしなきゃ、話進まないじゃん！」

和晃はいらだった口調だった。

それに光希は俯いたまま、頭を横に振る。

「確認……して……っ……んとう、だったら……ぇらんない、もん……」

「兄ちゃん……」

「も……このまま…逃げたい…」

しゃくりあげて言う光希に、和晃はため息をつく。

光希の打たれ弱さは小動物レベルだ。

すでにいっぱいいっぱいなのだろうと分かる。

だが、確認したくて和晃は聞いた。

「このタイミングで、鳴海が金出す留学の話って偶然？」

その言葉に光希の肩が震えた。

「偶然じゃねぇんだ?　体のいい厄介払いかよ」

「……わ……かん、な……」

頭を横に振るしかできず、あとはもうしゃくりあげる光希にそれ以上和晃は何も言えなかった。

8

相変わらず遼一とも連絡を取らず、留学の件もまだ表立った話になっていないので保留にしてもらったまま一週間が過ぎた。

和晃からは、

「とにかく兄ちゃんが腹くくらねぇと、悪い方向にばっか流れると思う」

と忠告されたが、遼一に連絡を取る勇気もなく、そのままだ。

——決定的になるより、このまま距離取って、離れちゃう方がましかもしれないし……。

うじうじと考えながら、講義を終えた光希は駅までの道をとぼとぼと歩いていた。

その時、

「上林さん?」

若い女性の声に呼び止められ、その声の方を見ると、そこには吉川がいた。

「あ……」

吉川だと分かった瞬間、光希は走って逃げようとした。だが、

「待って！　妊婦を走らせないで！」

吉川のその言葉に、つい足が止まってしまう。

足を止めた光希に、吉川はほっとした顔でゆっくりと歩み寄ってきた。

「話がしたいの。少し時間をもらえないかしら？」

言葉と同時に腕をしっかりと摑《つか》まれる。

逃げることなどできなさそうで、光希は頷くしかなかった。

「よかったわ。そこに車を停めてあるから、来て」

腕を摑んだまま——傍目にはもしかしたら年上の女性と年下の大学生というカップルに見えなくもないのかもしれないが、光希の気分は連行だ。

すぐ近くのパーキングに停められていた車に乗せられ、向かった先はＶＩＰが滞在するのによく使われる一流ホテルのスイートルームだった。

「こっちよ」

吉川はそう言ってリビングルームに入る。

後を追った光希はリビングに足を踏み入れた途端、その場に立ちすくんだ。

その部屋のソファーに、遼一が座していたからだ。

遼一は光希の姿を見ると立ち上がったが、そこから動こうとはしなかった。

こめかみに心臓があるんじゃないかと思うくらい、光希は頭がガンガンした。

その中、吉川はソファーへと歩み寄りながら言った。

「聞いてた通りの優しい子でよかったわ。妊婦を盾にしたら逃げるのやめてくれたから」

どこか楽しげな口調は、余裕を感じさせさえした。

その言葉を聞きながら、光希は破裂しそうな頭の中でぼんやりと思った。

——ああ…、きっとここで引導を渡されるんだ……。

だから二人揃《そろ》っているのだろう、と。

「鳴海くん、座れば？　それから上林くんもそこに立ってないで、こちらに来て適当に座って。ああ、お茶でも入れた方がいいかしら？」

吉川は遼一の向かい側に腰を下ろしかけたが、また立ち上がる。

「いえ…僕は、いい、です」

お茶を出されても飲める気がしない。

そんな余裕なんか一ミリもなかった。

光希はぜんまい仕掛けの人形のようにぎこちない動きでコの字のソファーの近くに歩み寄り、悩んだ末に吉川がいる側の端に腰を下ろした。

どうしても、遼一と同じ方には座りづらかったのだ。

光希が腰を下ろしたのを見て、遼一も座り直す。

三人がソファーに落ち着いたところで、光希は覚悟を決めた。

「……私から説明した方がいい？」

吉川の言葉に遼一は頭を横に振った。

「いや、俺が説明する」

そう言うと遼一は真っすぐに光希を見た。

光希は俯いて視線を逸らしたが、気にした様子もなく遼一は続けた。

「吉川から聞いたと思うが、吉川は妊娠している」

だから身を引いてくれと言うのだろうと、光希はきつく目を閉じ、手を握り締めて次の言葉を待った。

「おなかの中の子供の父親は、俺の父だ」

が、遼一のその言葉に光希の頭の中で情報が錯綜《さくそう》した。

――オナカノナカノコドモノチチオヤハオレノチチ？

微妙にいろんなところで韻を踏んでる気がする。

いや、そんなことはどうでもいい。

「……おれのちち？」

リピートした光希の発音は明らかにおかしかった。

知らない国の言葉を聞いたまま繰り返したような感じで、意味が理解できていないことは遼一も察したらしい。

「俺の親父だ。社長の」

遼一がそこまで言った時に、吉川が言葉を添えた。

「私、鳴海くんのお父さんとお付き合いをしていたの」

「……あ…」

そこまで言われて、やっと「俺の父」だと光希は理解した。

「やっぱり、私から話すわ。鳴海くんからの説明だと、彼、緊張しちゃうみたいだから」

吉川はそう言って、光希の方に体を向けた。

「妊娠が分かったのはゴールデンウィークに入ってからね。社長に報告したわ。社長は、鳴海の後継者問題がややこしくなるから産まないでほしいって言ったの。でも、私はそれを撥《は》ねつけた。絶対に産みますって。でも、そう言ったものの不安で仕方がなくて、ナーバスになってたのね。いつもはしないようなミスをして……小さなことで問題になるほどのことじゃなかったんだけれど、フリーランスって先々の保障があるわけじゃないから、そこでも不安になって精神的に追いつめられちゃったのよね。それで、仕事の打ち合わせで鳴海くんと外で会った時に、つい泣いちゃったの」

「……喫茶店で…」

「光希が前に見たって言ってたのは、その時だろうと思う」

遼一が言い、そのまま続けた。

「この前デパートに二人でいたのは、俺たちの先輩のところに子供ができて、そのプレゼントを選ぶためだった」

「私もそのうち必要になるものばかりだから、つい熱心に見入ってたんだけど……まあ誤解されてもおかしくはない状況だったと思うわ」

確かに、辻褄は合う。

けれど、二人で口裏を合わせている可能性だってある。

その時間は充分にあったのだから。

「……赤ちゃんは、産むんですか……」

「ええ」

吉川は即答し、

「親父は、俺に跡を継がせて、俺の子供にさらにその跡をって思ってる。でも、俺は弟なり妹なりが生まれるなら、その子が跡を継げばいいと思ってるし、その子が成長するまでの中継ぎでなら社長職を継ぐことも考えなくはないけど、光希のことは諦めないって感じで揉《も》めてる最中に、親父が留学サポートの話を、光希が通ってる大学に持ちかけたって秘書から聞いて、それでピンときた。光希を海外にやるつもりだって」

遼一はそう言った後、物騒に見える笑みを浮かべた。

「親父がそのつもりなら、俺も本気でやるしかないって思って、誰とも結婚はしない、もし今回の件で光希が俺を見限ったとしても、他の誰とも結婚をする気はないって親父に言ってきた。直系が絶えるとか何とか知ったことじゃないからな。それに、吉川のおなかの子供がいるから何とかなるだろうし、父親がごちゃごちゃ言うなら形だけ俺の子供ってことにして生まれてくる子供を認知すれば問題ない。実際には俺の弟か妹になるわけだけど、鳴海の血を引く子供だってことに変わりはないからな」

「書類上だけでもあんたみたいな執着癖のある病み属性ロリコンとそういう関係だったことになるのは、正直不愉快なんだけど」

吉川の声は本気だった。

「俺もできるだけ避けたいがな。世間体がどうこう言うなら、親父が正式に再婚すれば済む話だ。あんまりグダグダ言うなら会社を辞めるって言ってきた」

遼一もさらりとそう返したが、その内容に――いや、今までに聞いてきたすべてがまったく消化できなくて、光希は頭が破裂しそうになる。

――本当に、吉川さんの赤ちゃんは、遼一さんのお父さんの子供なの？

どう見たってお似合いの二人だし、大学も同じで今も親しいのだから遼一との関係を疑う方が早い。

そう思うものの、二人の様子からは恋人同士っぽい雰囲気はなさそうで、光希はわけが分からなかった。

「……どうやら、信じられないみたいだ」

「まあ、私が彼の立場だとしても疑うわよ」

遼一の言葉に吉川はそう返し、遼一はため息をつくと携帯電話を取り出した。そして誰かに電話をかける。

ほどなくして相手が出たらしく、遼一は口を開いた。

「父さん？　俺です。……怒鳴らなくにも聞こえてます。今すぐ、東城《とうじょう》グランドホテルのいつもの部屋まで来てください。……うるさいですよ、とにかく今すぐ来てください。来ないなら俺名義の会社の株を売ります。まだ取引の時間内ですから」

遼一はほぼ一方的に言って電話を終える。

「えげつない脅しだわ」

「会社が大事なら来るだろう」

「来ざるを得ないでしょうね」

吉川はそう言って立ち上がった。

「私、お茶を飲むけれど、二人とも何かいる？」

「俺にはコーヒーを、光希には紅茶を」

「分かったわ」

短く言って吉川はルームサービスを注文する。それは十分ほどで届いたが、届く間も、届いてからも誰も口を開かなかった。

無言でお茶を口に運んでいると、部屋のインターフォンが鳴った。

「お出ましのようよ？」

「俺より吉川が出迎えた方がいいだろう」

「ワンクッション置くって意味では、そうね」

吉川はそう言って立ち上がり、ドアへと向かう。

少ししてドアが開く音が聞こえ、すぐに、

「遼一はどこだ」

嗣彦の声がした。

「リビングよ」

吉川の答えが聞こえると同時に足早に近づいてくる足音が聞こえた。そしてリビングに姿を見せるなり、

「遼一っ！　どういうことだ！」

嗣彦は怒鳴りつけた。

その声に光希の体がびくっと震えた。

「怒鳴らないでください、光希が怖がるじゃないですか」

遼一のその言葉で嗣彦はその場に光希がいるのに気付いたらしい。

「……どういうことだ」

「どういうことも何も、以前から何度も言ったと思いますが、本気にしていただけていない

ようなので」

遼一はそう言うと、ジャケットの内ポケットから白い封筒を取り出した。

そこには「辞表」と書かれているのがはっきりと見えた。

「辞めます、会社」

「おまえは何を言って……！」

「辞めるって言ったんです！」

遼一は怒鳴った。

それは光希は初めて聞く、遼一の怒声だった。

「俺は会社を辞めても生きていける。でも、光希がいないなら生きてる意味がない。会社は吉川が産む子供に任せればいい。何の問題もないはずです。俺と同じ、あなたの血を引く子供だ」

「おまえ……っ」

「俺は死んだと思ってください。死人に跡は継がせられないでしょう？」

そう言うと、遼一は茫然とその場に座っているしかできない光希に、いつものように手を差し出した。

「光希、行こう」

ついさっきまでの表情が嘘のような、優しい顔だった。

光希は何がなんだか分からなくて——目の前の手を取るしかできなかった。

遼一は頷くと立ち上がった光希の肩を抱く。

そして嗣彦から守るようにして、その脇を通り過ぎた。

「……遼一っ！」

嗣彦の声に遼一は一度足を止め、振り返る。

「俺の葬儀は社葬にしていただかなくて結構ですから」

その言葉に吉川が思わず噴き出す声が聞こえ、遼一は、じゃあ、と残して光希を連れて部屋を出た。

光希はただ連れられるまま、遼一とともに行くしかできなかった。

9

ホテルの駐車場に停めてあった遼一の車に乗せられて、連れてこられたのは来たことのないマンションだった。

「入って」

十二階にあるその部屋のドアを開け、遼一は先に光希に入るように促す。

ホテルを出てから、ほとんど喋《しゃべ》らなかった。

というか、光希はまったく口を開けなかったし、遼一も口にしたのは今のような行動指示の言葉だけだった。

もちろん、命令するような感じではなく、ごく普通の優しい口調のものだったが。

マンションはちゃんとした間取りは分からないが、３ＬＤＫくらいだろうか。

リビングはかなり広く、六十年代風の家具で揃《そろ》えられていた。

いつか遼一に連れていってもらったカフェと似た雰囲気だと思った。

部屋にテレビはなく、代わりにオーディオセットが置かれていた。

「適当に座って。あ、お茶入れるね。紅茶でいい？」

光希の後ろからリビングに入ってきた遼一はそう言ってキッチンに向かう。

その遼一に光希は小さく呟いた。

「……ごめんなさい…」

「……え？　何？」

光希の謝罪に遼一はあからさまにうろたえた様子を見せる。だが、光希は小さな声すぎて謝罪が聞こえなかったのかと、もう一度謝った。

「ごめんなさい」

「ちょっと…え？　待って、なんで謝るの？　俺、何かした？　それとも、強引に連れ出したから怒ってる？」

それに光希は慌てて頭を横に振る。

「違…っ…、…ぼく……うた…がっ……て、む…っ……む…し……って」

何とか言葉を紡ごうとしたが、それより先にしゃくりあげてしまって、呼吸困難になりそうになる。

「光希、落ち着いて。ちょっと座ろうか」

遼一は光希を抱きかかえるようにしてソファーに座らせる。

そして落ち着くまで、子供をあやすように背中をぽんぽんと叩《たた》いた。

優しくされると余計につらくて、嗚咽が酷くなった光希だが、それでも繰り返し「大丈夫」と背中を叩かれて、五分ほどするとまだ揺り返しのように胸のあたりがひくひくと不規則に震えることがあるものの、しゃくりあげるのは収まった。

光希が落ち着いたのを見計らって、遼一はそっと腕を解き、立ち上がる。

「飲み物、入れてくるから待ってて」

そう言って今度こそキッチンへお茶の準備に向かった。

十分ほどでもどってきた遼一が光希に差し出したのは、ミルクティーだった。

「甘めにしてある。気をつけて」

「あり…がとう……」

受け取ったカップは、熱すぎる温度ではなかった。

口に運ぶと柔らかな甘さと紅茶の香りが広がる。

「おいしい……」

「よかった。丁度低温殺菌の牛乳を買ってあったから、ミルクティーにしたんだけど」

そういう遼一も、ミルクティーらしく、同じ色の液体がカップに注がれていた。

半分ほど飲むまで、その後は会話はなかった。

それが気づまりというわけではなかったが、先に沈黙を破ったのは光希だった。

「……ここは…？」

その問いに遼一はカップをテーブルに置いた。

「最近買ったマンション。親父も知らない。前に話しただろう？　光希と朝から晩まで、誰にも邪魔されずに過ごしたいって。丁度手頃な値段だったから」

ことも なげに遼一は言った。

だが、いくら世間知らずな光希でもこのあたりのマンションが気軽に買える金額ではないことくらい知っている。

「買ったって……」

「ああ、心配しないでいいよ。少し前に倒れたって話した母方の祖父がいるだろう？　子供の頃から可愛がってくれていたんだけど、大学生になった頃から俺に生前贈与の形でいろいろと残してくれてるんだ。後継ぎの息子《むすこ》……俺の叔父《おじ》だけれど、その家族は浪費家でね。あまり財産を渡したくないらしい。どうせあっという間に使い果たすだろうって。贈与されたものを運用して、会社を辞めても困らないだけの収入は確保できてるし、いざとなれば自分で起業してもいいと思ってるし」

その言葉で、光希は遼一が辞表を嗣彦に叩きつけたことを思い出した。

「…辞表……っ…、なんであんな……」

光希は頭を横に振って、だめだと訴える。

だが、遼一は柔らかく笑みを浮かべた。

「いいんだ、別に。一時期は混乱があるかもしれないけれど、すぐに代わりが立って、何もなかったように回る。それが会社のシステムだからね。でも、俺にとって光希の代わりはどこを探したっていない。光希だけは諦められないし、諦めたくないけど……今回のことで、嫌になった？　俺のこと」

　そう聞かれて光希はさっきよりも激しく頭を横に振った。

「そんなことない……」

「よかった」

「でも……僕は…、遼一さんの立場を考えたら困らせるだけの存在でしかないから……。なのに、思い切ることも信じることもできなくて……」

　光希の目に涙が浮かぶ。

「光希……」

「吉川さんの、おなかの赤ちゃんが遼一さんの子供だったとしても、僕が子供を作れるわけじゃないんだから、笑顔で受け入れなきゃいけないのに……それどころか、全部投げ出してなかったことにしたくて…。留学の話も、遼一さんから離れられるなら、受けようかって思い始めてた……。会えないくらい遠くに行かなきゃ、忘れられないから……」

　光希のその言葉に遼一は大きくため息をついた。

「……どこまで親父に吹き込まれたの？」

「え…？」

「俺が他の女と結婚することを容認するように言われたんだろう？　いろいろ理由をつけて」

それに光希は言葉を返すことができなくて、俯く。

「ああ、ごめん。怒ってるわけじゃないんだ。……いや、ちょっと怒ってるな、親父に。光希に余計なことを吹き込んでって」

「余計なことじゃ……」

「余計なことだよ。光希が俺を嫌いだと言ったら、他の女との結婚も、もしかしたら考えたかもしれない。前にも言ったけど、光希じゃないなら誰でも一緒だからね。家柄だのなんだの、条件の一番整った相手と、子供を作るためだけの結婚をね。もっとも多分子供ができたらそれっきりだっただろうな。後継ぎさえできれば義務は果たしたも同然だし。そうなったら、あとは自暴自棄になって無茶をしてるか、母を亡くした時のように死んだように生きるか……それとも光希のストーカーになっているか……」

楽しげにさえ聞こえるような声で遼一は言った後、

「でも、光希がそばにいてくれるのに、他の女と結婚なんてあり得ない。光希以外は見てないのに」

どこか陶然とした様子にさえ見える表情を浮かべる。

その遼一はやっぱり格好よくて、発言内容からすればそんなことを思っている場合じゃないだろうに、王子様みたいだと思った。

「まあ、でも留学は受けてもいいよ。俺も一緒に行くから。アメリカなら同性結婚を認めている州があるから、そこでなら夫婦になれるしね」

「遼一さん……」

「もう、逃がさないから。離れなきゃ忘れられないくらいに好きだってことだろう？　だったらずっと一緒にいて、幸せになろう。他の誰よりも」

遼一の手が光希へと伸びてくる。

その手は自分を閉じ込める檻《おり》になるのかもしれない、とふとそんなことを思ったが、それでもいいと思った。

自分を捕らえるのが遼一ならば。


ベッドルームはダブルベッドが一つポン、と置いてあるだけのシンプルな部屋だった――と思う。

というか、細かい部分を見る余裕など、光希にはなかった。

なぜならすぐに押し倒されて口づけられ、ほとんどはぐようにして服を脱がされて、あっという間に喘《あえ》がされているからだ。

「ぁ…っ、あ、あ！」

「可愛い声。好きなところだもんね、ここ」

体の中で遼一が動いて、淡い場所にある弱い部分を転がすようにして嬲《なぶ》る。

「ああっ、や……っ、だめ、あ、あ」

遼一が動くたびにグチュッと濡《ぬ》れた音が響くのは、塗り込まれたローションのせいだ。

『誰にも邪魔されずに過ごす』内容には、こういうことも含まれていたらしく、その手の準備も万端だった。

ぬるぬると滑るローションのせいで、性急だとしか思えないのに簡単に遼一の指を受け入れてしまい、弱い場所を狙いすまして愛撫《あいぶ》をされて散々喘がされ——あげく、ローションを多めに使えば大丈夫だと思うから、などと言って遼一は自身を光希の中へと入り込ませてきたのだ。

「や……ぁっ、あ…っ、あ」

無理だから、と必死で拒もうとしても、ローションの滑りのせいで遼一を飲み込まされてしまった。

「嫌じゃないし、だめじゃないだろう？　ココもこんなになってるよ」

笑みを含んだ声で言いながら、遼一は光希自身を手で捕らえる。

「一度も触ってないのに、トロトロになってる」

遼一の言葉通り、触れられていないのに後ろからの刺激だけで勃《た》ち上がったそこは蜜《みつ》を溢れさせて自身を濡らしていた。

「…いや……っ」

恥ずかしさから拒否するように光希は手を伸ばして遼一の手を掴む。だが、遼一はもう片方の手で難なく光希のその手を捕らえると、ベッドの上に縫い止めた。

「だめ」

笑って短く言った後、遼一は少し口元を歪《ゆが》めた。

「さっき、光希のこと怒ってないって言ったけど……あれ、ちょっと嘘だ」

「え……」

「やっぱりちょっと怒ってる。光希が俺のこと捨てようとしたんだなぁって思ったら、凄く寂しいし」

遼一の言葉に光希は頭を必死で横に振った。

「違…っ…、捨てようとなんて…」

むしろ自分が捨てられるんだと思っていたのだ。

遼一のことを捨てるなんてとんでもない。

「でも、俺から離れようとしたよね」

「……だって…」

「俺のためだって吹き込まれたのは分かってる。だから、そんなに怒ってない。でもちょっとだけ怒ってる。それに、俺以外の男とデートしてたのも許せないかな」

「デートって……？」

「デパートで、他の男と一緒だっただろう？」

その言葉で、澤口のことだと分かった。

「あれは…大学の先輩で……」

説明しようとした光希の言葉を遮って、

「でも二人きりで出かけたんだよね？」

そう言うと、遼一人の悪い笑みを浮かべた。

「だから、お仕置きしようかなあ」

「おし…おき？」

不穏なものしか感じない単語に光希が眉根を寄せた瞬間、遼一は手の中の光希自身を強く縛《いまし》めるようにして握り込んだ。

「……やっ…あ、あっ、だめ、やっ！」

それと同時に中に埋め込んだ熱塊で光希の感じるところだけを擦《こす》り上げる。

「ああっ、あ、やぁ……っ、あ、あ」

「もっといっぱい、可愛く鳴いて」

光希の顔を見つめながら、遼一は執拗《しつよう》に同じ場所ばかりに刺激を与えて、光希が乱れる様を楽しむ。

「…っ……あ、あっ、やだぁ、あっ、あ……いやっ、だめ、だめ……っ！」

切羽詰まったような声になるのは、どれだけ感じたところで、自身を握り込まれていては達することができないからだ。

「ぁあああっ、あ、や…だ……っ…きたい……いき…た……ぁっあ！」

「可愛い…、もっと鳴いて。俺の前だけで」

甘く囁《ささや》く声が告げたのは、残酷な宣告だった。

その言葉を実行するべく、遼一は浅い場所だけを穿《うが》っていた自身を、一気に奥まで突き入れる。

「やぁああぁっ、あっあっ、ああ！」

衝撃で光希の体が大きく震える。

だが、放つ先を封じられて熱が逆流した。

「やぁだあああっ、やぁっ、あっ、あ」

そのまま何度も突き上げられて、光希は悲鳴じみた声を繰り返し上げる。

遼一が中で動くたびに、頭が真っ白になるほどの快感が体中を走るのに、果てがないのだ。

「おね…がい……っ、イかせて……イか、せて……」

「本当に可愛い……、このまま、ここで一生俺と一緒に暮そう？　毎日、こうして一緒にいて、死が二人を分かつまで、ずっと」

涙でぐちゃぐちゃになった光希の顔をうっとりとした表情で見つめて、遼一はまるで求婚するように囁く。

「……っ…いる…から……、おねがい、もう…あっ、あっ、あ」

「いいよ、イかせてあげる……とりあえず、ね」

遼一はそう言うと縛めている指の輪を少し緩めた。

そして埋め込んだ自身を浅い場所から深い場所まで、大きな動きでスライドさせ蹂躙《じゅうりん》する。

「やぁぁあっ、あっ、あ」

僅《わず》かに緩められた場所からトロトロと蜜が溢れる。

それはもどかしく長く続く吐精だった。

「あぁッ、あ、や……、今、やだ…や、やぁぁっ」

達している間も遼一の動きは止まることはなく、濃すぎる悦楽が光希の頭を灼《や》く。

「凄くよさそうな顔してる……、こっちも凄く締めつけてるのに、トロトロだ」

「ごめん…なさ……っ…あ、ああっ、あ」

長すぎる絶頂は光希にとっては苦痛にも近くて、どうにかしてほしくて謝る。

「謝らなくていいのに……、可愛いなぁ」

だが、遼一は優しい声でそう言うだけで、指の輪をそれ以上広げてくれることも、中を穿つ動きを弱めてくれることもなかった。

「も…や……っ…ィくの…やっ……」

子供のようにしゃくりあげる光希をこれ以上ないほどに可愛いという眼差《まなざ》しで見つめ、遼一は無茶苦茶に揺すり上げた。

「あぁぁあっ、ああっ、あ、ああ！」

「俺もそろそろ、かな」

遼一の押し殺したような声とさらに強くなる律動に、光希はもう声も出せず、荒い呼吸が声のように音を出しているような状態になる。

永遠に続きそうな絶頂の最中、体の中で遼一が弾《はじ》ける。

「────っ…あ、あ」

それと同時にやっと指の輪を離されて……でも、光希が覚えているのはそこまでだ。

中を満たしていく熱と、自身から溢れ返る蜜の感触に震えながら、光希はゆっくりと意識を手放した。

もっとも、この後、再び淫《みだ》らな衝撃で目を覚ますことになるのだが、とりあえずは現実から逃れる。

そんな光希の様子を、遼一はただただ愛《いと》しげに見つめた。

◇◆◇

『鳴海産業社長、息子の同級生と再婚！　新妻は妊娠中！』

そんな記事がスポーツ新聞や週刊誌の紙面を賑《にぎ》わせ、財界でもかなり話題になったのは一カ月後のことだった。

当初は「財産目当て」だの「息子と父親が取り合った結果、父親についた」だのと憶測にもほどがある噂を載せ、スキャンダル的に取り上げようとした雑誌もあった。

だが、吉川自身が有能な通訳として信用を得ていたことと、以前から彼女が、

「恋愛対象は、少なくとも干支《えと》が二回りは上じゃないと」

と公言していたため、あっさりと世間には受け入れられた。

そして、光希の留学はなくなった。

留学の話そのものがなくなったわけではなく光希が、日本での学びも中途半端なままで留学しても成果は出ないから見送りたいと申し出たため、他の生徒が行くことになった。

留学費用のほとんどを鳴海が持つということで、日本で学び続けるよりも負担がはるかに少ないからどうかと推薦をされたのは澤口だった。

就職しなくてはと思いつめていた澤口だったが、研究を続けたい気持ちも強く、家族も応

援してくれたらしく留学の話を受けた。

それを聞いて、光希はもちろん、甲斐や深川も喜んだ。

それぞれが順風満帆のように見える中、唯一、不満を露《あらわ》にしているのは遼一だ。

遼一の辞表は受け入れられなかった。

当たり前と言えば当たり前なのだが、遼一は本気で会社を辞めて、あのままあのマンションで光希を道連れに雲隠れをしようとしていたらしい。

「前にも増して忙しいっていうのは絶対に親父の陰謀だと思う。自分の仕事を俺に回してきてるんだよ？　文句を言ったら何て言ったと思う？　『身重の妻を慣れない環境に一人で置いておくのも忍びないだろう？』だよ？　普通、堂々とのろける？」

雲隠れどころか、接待などを回されてなかなか休みを取れなくなった遼一は、かなり不満を募らせていた。

とはいえ、

「社長職には就かない。仮になるとしても、短期間の中継ぎしかしない」

と宣言し、受け入れられないなら早期退職と半ば脅しに近いことを、嗣彦に受け入れさせたのだから、多少は仕方ないんじゃないかなと思う。

嗣彦も、光希を遼一から遠ざけようとしたのは、決して光希を憎く思ったからではなく、遼一の将来を考えてのことだ。

その遼一が光希とのことについて「遊びならいい」と忠告したところ、まったく聞く耳を持たなかったため、強制的に何とかせねばと思ったらしい。

遼一に跡を継がせることにこだわったのも、仕事に没頭するあまり、ほとんど顧みることのできないまま亡くしてしまった前妻への申し訳のなさがあったからだった。

だが、当の遼一がそれを望んでいないため、方針転換を余儀なくされたらしい。

もちろん、遼一の将来を思うがために、吉川とのことについても再婚はしない、そして子供も認知はしないなどと言っていたのだが、

「私自身は鳴海の財産には興味ないわ。自分の食いぶちは自分で稼げるし、何かあった時に痛くない腹を探られたくもないし」

というのが吉川の考えで、子供に関しては、

「まあ、法律がごちゃごちゃうるさそうだけど、親の財産を当てにするような育て方だけはしないつもりよ」

らしい。

「吉川さんって、美人なのに男前だよね……」

過熱気味だった再婚報道も落ち着いた二カ月後。

遼一と光希の久しぶりの逢瀬は、あの隠れ家マンションだった。

リビングのソファーに並んで座って、少しの間話していたのだが、光希が思い出したよう

にそう言った時、遼一の返事がなくて、そっと様子をうかがうと、遼一は目を閉じて眠っていた。

——ついさっきまで、社長の文句言ってたのに。

そう思うとなぜか笑みが零れる。

「お疲れ様」

起こさないように小さく囁いて、光希はそっと遼一にキスをする。

穏やかな昼下がりの空気の中、大好きな人と一緒にいられる幸せを噛《か》みしめる光希が、寝た振りをしていた遼一の腕の中に閉じ込められるのは、その直後だった。

恋する猫は愛され中

夏休みに入って、光希《みつき》は久しぶりに鳴海《なるみ》の屋敷を訪れた。

久しぶり、の理由は、屋敷に来る理由がなくなっていたからだ。

なぜ理由がなくなったのかといえば、遼一《りょういち》とはこのところ平日に会うといえば外で会って、外で別れる——たとえば観劇や食事など——ことが多かったし、それ以外の休みの日に会うとなると、あの新しく買ったマンションで会うことがほとんどになっていたからだ。

遼一いわく、

『家にいると、休みなのに仕事関係の誰かがやってきたりして、結局休んでいる気持ちになれない』

らしい。

とはいえ、そうそう毎週逃げられるわけもなく、今日は屋敷に遊びにおいで、と言われてこうして光希はやってきた。

「いらっしゃいませ、光希様」

いつも通り玄関では執事の前原《まえはら》が光希を出迎えてくれた。

「お邪魔します」

そう言った光希に、前原は少し申し訳なさそうな顔をした。

「遼一様は、所用でお出かけになりまして……。光希様がいらっしゃるまでには戻れそうにないので、お部屋でおくつろぎいただくようにと」

屋敷から逃げられない、という時点で、何かしら仕事に近い用事が入っているのだろうということは予測できていたので、光希は頷《うなず》いた。

「分かりました。じゃあ、遼一さんのお部屋で……」

待ってますね、と言いかけた光希の言葉は、

「あら、光希くん」

という声に遮られた。

その声がした方を見ると、二階から階段を下りてくる吉川《きっかわ》がいた。

「吉川さん…、こんにちは」

「こんにちは、久しぶりね」

そう言って吉川は階段を下りきると、光希へと歩み寄ってきた。

「鳴海くん、もう帰ってこられたの？」

吉川は少し首を傾《かし》げて、前原に聞く。

「いいえ、まだ」

「あら、そうなの。じゃあ、光希くん。鳴海くんが帰ってくるまで、私のお茶につきあってもらえない？　これからお茶にしようと思って下りてきたところなの」

特に断る理由もなくて、光希は頷いた。

「じゃあ、前原さん、遼一さんが帰ってきたら吉川さんと一緒にお茶を飲んでるって伝えて

もらえますか？」

「かしこまりました。奥様とご一緒だとお伝えしておきます」

前原の言葉に、光希は、あ…、と声を漏《も》らす。

「すみません、もう『吉川』さんじゃないのに」

謝った光希に、吉川は笑った。

「いいのよ。私も未《いま》だに鳴海くんことは『鳴海くん』だし社長のことは『鳴海さん』って呼んじゃってるもの」

そう言うと、吉川は視線を前原へ向けた。

「じゃあ、前原さん、光希くんとサロンルームに行くわね」

「何をお召《め》し上がりになりますか？」

「私はハイビスカスとローズヒップのハーブティーをお願い。光希くんは？」

「僕は、じゃあアイスティーをお願いします」

二人のオーダーを聞いて前原が頷いたのを確認してから、吉川は、じゃあ行きましょうかとサロンへと足を向けた。

光希は前原に、いってきますと残し、その後を追った。

吉川が鳴海家に嫁いできた——感覚的には『引っ越してきた』に近いと遼一は言っていたが——のは、マスコミが騒ぎ出す一週間ほど前のことで、今から一カ月半ほど前だ。

吉川は仕事が落ち着いてからゆっくり、なんなら子供を産んで落ち着いてからでもいいと思っていた様子なのだが、マスコミの動きを察知した嗣彦が追いかけ回されてストレスになってはいけないからと、急がせたらしい。

だから、屋敷に吉川がいることは頭にちゃんと入っていたのだが、玄関ホールで会った時はやはり驚いてしまった。

吉川とは、遼一の辞表騒ぎになったあのホテルで会って以来で、その時はまだ妊婦と言っても気付かないくらいだったのだが、今はゆったりとしたチュニックを着ているのに、おなかのふくらみが分かる。

「おなか、大きくなりましたね」

サロンに運ばれてきたアイスティーを一口飲んでから、光希は言った。

「そうね。六カ月を過ぎたあたりから日に日に大きくなってる感じ。でも、まだまだ大きくなるのよ？　自分の体だけど驚いちゃうわ」

そう言った吉川は、幸せそうだった。

「性別、もう分かるんですか？」

「分かるらしいんだけど、聞いてないの。サプライズにしようと思って」

「そうなんですか」

「光希くんは、どっちだと思う？」

聞かれて光希はうーん、と首を傾げた。

「そうですね……、男の子かな…、でも吉川さん似の女の子だったら、きっと本当にお姫様みたいな女の子が生まれますね」

「あら、嬉《うれ》しいことを言ってくれるわね」

「吉川さんは、どっちがいいんですか？」

逆に聞くと、吉川はそうねぇ、と言った後少し間を置いて、

「服を選んだりするのが楽しいのは女の子ね。でも、本当にどっちでもいいわ。健康で、鳴海くんみたいな執着癖のある病み属性ロリコンとかじゃなければ」

そう言って笑う。

その言葉に、光希はやや困惑しながら聞いた。

「前にも、そんなことを聞いた気がするんですけど、遼一さんってそうなんですか？」

「そうって？」

「執着癖とか……」

遼一との付き合いは吉川よりも光希の方が長い。

だが、光希は遼一と一緒にいて吉川が言うような面を知らない。

ロリコンというのは、もしかしたら自分が年下だからそう言われているのだろうかと察しはするが、それ以外はあまり覚えがなかった。

しかし、その光希の言葉と様子に吉川は驚いたような顔をした。

「え……、気付いていないっていうか、感じてないの？」

「感じてないって……」

「だって、鳴海くん、光希くんのことをめちゃくちゃ束縛したがるじゃない？」

「束縛…？」

光希は首を傾げた。

確かに二人で出かけることも多いし、あのマンションに行くと誰もいないからずっと二人っきりではある。

でも束縛とは違う気がする。

「あー……、光希くん、鳴海くんとは小さい頃からの付き合いだから、あれを普通だと思っちゃってるのね」

「普通じゃないんですか？」

「そうね、普通じゃないと言い切ることはできないけど……。ああそうだわ、鳴海くんが携帯電話につけてたストラップあるじゃない？　あれ、元は光希くんのなんでしょう？」

吉川の言っているのは、以前誕生日に何が欲しいかと聞いた時に、そのストラップがいいなと言われて渡したものだ。

新しいのを買って渡すと言ったのだが、それがいいと言われた。

「光希くんが使っていた物だから欲しいなんて、綺麗《きれい》にまとめればそれだけ光希くんのことを愛してるってことだけど、別の見方をしたらストーカー？　って感じもしちゃうわ」

確かにそう言われればそうかもしれない。

ただ、光希にしてみれば別にそれで困ったことはないので、まあいいかなと思ってしまうのだ。

「でも、今日は光希くんに会えて嬉しいわ。あまりちゃんと話もできないまま、ああいう形でお別れしたから、気になってたの」

あのホテルでのことだというのはすぐにわかった。

「すみません……。僕、いろいろ勘違いしてて」

「いいのよ。それに無理もないことだと思うわ。世間一般的に見れば、年の近い私と鳴海くんが、と思うのは当然だもの、残念だけど」

さらりと毒を吐いた吉川はそのまま、

「だから、ちゃんと会いたいと思って、機会があれば会わせてほしいって鳴海くんに頼んでたんだけど、私と光希くんを仲よくさせたくないみたいで、そのうちにってごまかしてばかりだったのよ」

笑って続けた。

「そうだったんですか……」

「ええ、そうだったの。まあ、鳴海くんの光希ちゃんの溺愛ぶりと執着ぶりは、大学の頃から知ってたから、そう簡単に会わせてくれないだろうなと思ってたんだけど……」

吉川の言葉に、光希は少し眉根を寄せる。

「大学の頃から、ですか？」

遼一が大学生の頃も休日はよく一緒に過ごしたので、たとえばその約束と大学の何かの日程が被った時に説明として光希の存在を話したというようなことはあると思う。

だがそれだけで溺愛だの、執着だのと吉川が言うとは考えづらい。

「鳴海くん、手帳に光希ちゃんの写真を挟んでたのよ。それが何かの拍子で落ちたのね。大学の講義の後、彼が座ってた机の近くに落ちてて、これ鳴海くんのかしら？　って。そうしたら物凄く焦った様子で、よっぽど大事な写真なんだと思ったの。それで、ご兄弟？　ってきいてみたのよね。まあ、鳴海くんに兄弟はいないって聞いてたし、それなのに小さいっていうか、小学生くらいの子の写真なんてって不思議だったの。だから、亡くなった兄弟とか、そういう感じかしらって思って。そうしたら弟みたいに思ってる大事な子なんだって、すっごく優しい顔で言ったのよね」

その場にいたわけじゃないのに、遼一の様子が想像できてしまって、その「大事な子」が自分なのだということを光希自身も吉川も知っているから、妙に恥ずかしくなってしまう。

「その写真が光希くんだって分かったのは少し後だったけれど、私に知られてからは私の前では隠さなくなったわね、光希くんのこと。とにかく可愛いんだってのろけに近いことをよく聞かされたわ。携帯電話にもいっぱい写真があるみたいだったし、光希ちゃんの成長アルバムを作ってても不思議じゃないわね」

「あ、一緒に撮った写真、たくさんあるから。僕のアルバムも、遼一さんの成長アルバムみたいになってるところあります」

光希が素直にそう返すと、吉川は笑った。

「鳴海くんが光希ちゃんを溺愛する理由が分かるわ」

だが、事実を言っただけの光希は、吉川が分かったという理由が分からなくて、首を傾げる。

「まあ、幸せそうで何よりだわ」

吉川はそう言うと、さりげなく話を変えた。

「夏休み、レポートとかたくさん出たの？」

そのまま話題は光希の学校の話や、最近見た映画の話などになり、いろいろ話して過ごしたのだが、その途中で遼一が帰ってきて、サロンに姿を見せた。

「光希、待たせてごめんね」

「ううん、吉川さんと話してたから」

光希の言葉に、遼一は吉川を見ると、

「光希に妙なことを吹き込んだりしてないだろうな？」

そう聞く。だが、吉川はしれっとした様子で、

「吹き込まれるような妙な真似《まね》をしてる自覚があるなら、反省して？」

そう返した。

「それなら安心だ。まったく身に覚えはないからな」

遼一もあっさり返す。

こういう二人のやりとりを聞いていると、仲がいいんだなと普通に感心してしまう。

二人の関係性が友人から親子にと複雑に代わっても、感覚は変わらない様子で、それはそれで凄《すご》いなと思うのだ。

それだけ、二人が大人だということもあるだろうし、これまでの付き合い方がちゃんとしたものなのだろうと感じられた。

そんなことを考えていると、

「光希、お茶が終わってるならそろそろいいかな？」

遼一がそう声をかけてきた。

「あ…、うん」

光希は返事をしてから吉川を見た。吉川はニコリと笑うと、

「じゃあ、またね。光希くん」

そう言って送り出してくれる。

光希は頷くと立ち上がり、吉川に小さく会釈をしてから遼一と一緒にサロンを出た。

そのまま遼一の部屋に行くのかと思ったのだが、遼一は階段を素通りした。

「あれ、遼一さん、どこへ行くの？」

「ん？　キッチン」

「キッチン？」

「うん、シェフに場所を貸してもらえるように頼んであるから」

それはいいのだが、どうしてキッチンなのか分からない。

「何かするの？」

「秘密」

一番聞きたいところは秘密にされた。

だが、キッチンはすぐそこだ。

行けば分かるだろうと、光希はそれ以上聞かなかった。

鳴海家では食事はシェフが準備をする。

かつてはパーティーなどが多かったらしく、その準備のためなどもあってキッチンはかなり広い。

感覚といえばキッチンというよりも「厨房《ちゅうぼう》」に近い。

そのキッチンに入るとシェフの塚田《つかだ》は笑顔で二人を迎え入れてくれた。

「お久しぶりです、光希さん」

塚田は、光希が遊びに来始めた頃からずっといるシェフだ。

「お久しぶりです。いつもおいしい飲み物とお菓子、ありがとうございます」

遊びに来る時に飲み物とお菓子を用意してくれているのは塚田で、帰る時などに前原にお礼を伝えておいてほしいと言って帰るのだが、やはり会ってちゃんと礼を言えないのが心苦しくて、やっと直接言えて光希はほっとした。

「いえいえ、こちらこそありがとうございます」

塚田はそう言った後、遼一に視線を向けた。

「そちらに準備をしてございますよ」

「ありがとう」

遼一はそう言うと、ボウルなどが準備された作業台に向かった。

「小麦粉と、砂糖かな。あとこの白いのなんだろ…、卵に、バター……。お菓子作るの？」

並んでいる材料を見ながら光希が問うと、遼一はシャツの袖《そで》をまくりながら答えた。

「パンケーキを作ろうと思ってね」

「パンケーキ」

「光希、好きだろう？」

そう聞かれて光希は大きく頷く。

「うん」

お屋敷で出るパンケーキはとてもふわふわで大好きだ。

「久しぶりに作ってみようと思って。塚田さんに場所を貸してほしいってお願いしたんだ」

「久しぶり……」

前にも作ったことがあるんだろうかと考えて、光希は小さい頃のことを思い出した。


あれは、遼一と出会って、一年ほどした頃のことだ。

屋敷にはほぼ毎週末、遊びに来ていた。

その時の光希の好きなおやつの一つがパンケーキだった。

どういう経緯があったのかは覚えていないが、ある日、遼一がパンケーキを作ってくれることになった。

「では、少し牛乳を温めてください」

塚田が指示を出す。

遼一は準備されていた牛乳を電子レンジで告げられた秒数分温める。温まったそれにレモン汁を加えると、今度は新しいボウルに卵黄を入れて掻《か》き混ぜ、そこにさっきの牛乳を加える。

充分に混ざると、準備されている粉も入れて泡立て器で軽く混ぜる。

カシャカシャと掻き混ぜる軽《かろ》やかな音が聞こえていたが、中がどうなっているのか光希には見えなかった。

作業台の横に置かれた丸イスに座って見ているのだが、自分の身長よりも少し高くはなるものの、ボウルの中の様子まではどうしても見えないのだ。

「では次に卵白に砂糖を入れて、泡立ててメレンゲを作っていきましょう」

塚田がそう言って卵白の入ったボウルに砂糖を入れ、それを遼一に渡すと、

「メレンゲになるまで泡立てるのは大変なので、ハンドミキサーを使いましょう」

準備してあるハンドミキサーを指差した。

遼一はミキサーを手に取って、ボウルの中に入れるとスイッチを入れた。

そうすると回転音が鳴り始めた。

音がしているので、何かが起きていることは分かるのだが、見られないのが歯がゆくて、光希は片足を丸イスの座面に乗せ、両手を作業台について、イスの上に立ち上がった。

そうするとボウルの中の様子が見えた。

「わぁ、ぐるぐるしてる！」

ボウルの中では卵の白身が物凄い速さで掻き混ぜられていた。そのうちすぐに壊れそうな

シャボン玉のような気泡がいくつもできたかと思うと、あっという間に白くなって、まるで生クリームのようになった。

「すごい、なまクリームになった！」

興奮してイスの上で跳ねる光希に、遼一は驚いてハンドミキサーを止め、ボウルとミキサーを置くと光希を抱き締める。

「光希ちゃん、危ないからイスの上でジャンプしちゃだめだよ」

優し声で窘《たしな》められて、光希は頷いた。

「はい。ごめんなさい」

「よくできました。少し待っててね」

遼一はそう言って光希の頭を撫《な》でると、再び泡立て始める。

「それくらいでいいですよ。次の作業に移りましょう」

塚田の指示で遼一はミキサーを止める。

「では卵白を、粉と牛乳を合わせたものにそうですね、まず三分の一、入れて混ぜてみましょう」

遼一は真剣な顔でゴムべらで三分の一の量を取り分けて入れると、混ぜすぎないように気をつけながら馴染《なじ》ませていく。

三分の一ずつ移して掻き混ぜたところで、塚田が大きく頷いた。

「とてもよくできていると思います、では、焼きましょうか」

そう言ってコンロの前に移動する。遼一もコンロの前に移動し、光希は丸イスを引きずりながらコンロに近づこうとした。

それに気付いた塚田が光希を抱き上げ、作業が見えるようにしてくれる。

コンロに火をつけ、充分にフライパンを温めると濡《ぬ》れ布巾《ぶきん》の上に二秒ほど置き、もう一度火に戻して、パンケーキの種を流し入れる。

少しすると甘いいい匂《にお》いがしてきた。

「おいしそうなにおい」

その匂いだけで光希は嬉しくなってしまう。

「では、そろそろひっくり返してみましょう」

塚田の言葉に、遼一はメレンゲを取り分けていた時よりも真剣な表情でフライ返しを手に取ると、恐る恐るフライパンとパンケーキの接着面に入れた。

「ふわふわしすぎてて、持ち上げた時に崩しそうだ」

「大丈夫です。焦らないで、ゆっくり」

塚田はそう言ったのだが、崩れる前に早くひっくり返さねばという意識が強く働いて、遼一は持ち上げたパンケーキを急いでひっくり返した。

だが急ぐあまり、目測を誤り、半分がフライパンの中に、半分は外に飛んでしまった。

「あ……」

遼一の顔が見る間に曇る。

「初めての時は、そんなものです。大丈夫ですよ、まだ種はあるんですから。とりあえず、フライパンに残ったパンケーキを焼いてしまいましょう」

塚田は慰めつつ、的確に指示を出す。

少しして焼き上がったパンケーキは、フライパンの底ではなく横で焼かれた部分も多いせいで、かなりいびつな形になっていたが、ふわふわなのはいつもと同じだった。

「上出来ですよ」

「できあがり」

皿に移されたそれに、光希は手を叩《たた》く。

形はおかしいけれど、おいしそうだった。

「では、飾り付けをしましょうか」

塚田はそう言うと一旦光希を下ろし、冷蔵庫から生クリームとフルーツを持ってきた。

「飾り付けは…光希くんにしてもらいましょうか？」

塚田の問いに遼一は頷いたが、元気がなかった。

光希はそれが気になったが、

「光希くん、生クリームを絞りますか？」

塚田に言われて、光希はお手伝いができるのが嬉しくて、そっちにすぐに気を取られた。

ややしてから出来上がったパンケーキは、皿の空いた部分に崩れた生クリームの山と、とりあえず全種類載っけて！　な感じでてんこ盛りにされたフルーツで彩られた、まさしく「ザ・四歳児作品」のようなものだった。

「できたー！　たべていい？」

目を輝かせる光希に、塚田はじゃあ、サロンへ行きましょう、と光希と遼一を促した。

お茶をすぐにお持ちしますね、と言って塚田は下がり、サロンには光希と遼一の二人になる。

「……ごめんね、光希ちゃん、失敗して」

暗い顔で謝る遼一に、光希はどうして謝られているのか分からなかった。

「どうしてごめんね？　おいしそうだよ？　たべていい？」

むしろ、食べたい欲求の方が強かった。

「うん」

暗い顔ながらも、遼一は頷く。

光希は家で教えられている通りに手を合わせていただきますをすると、端っこを切って、口に入れる。

「おいしー。りょういちおにいちゃん、おいしいよ。みかづきのパンケーキ」

ニコニコ笑顔で言う光希に、遼一は首を傾げた。

「三日月？」

問い返した遼一に、光希は大きく頷く。

「これがみかづきでねー」

フォークでパンケーキを指し、

「これがくもなの」

生クリームを指す。

「いちごとか、キウイとかは、おほしさまなの。おほしさまだからいっぱいあるの」

そう言ってご満悦な笑顔を見せる。

「……そうか、三日月のパンケーキなんだ」

「うん。はい、りょういちおにいちゃんもどうぞ」

光希はそう言ってもう一キレ切ると、遼一にあーんと差し出す。

それを口にした遼一は、

「うん、おいしいね」

そう言ってやっと笑顔を見せた。

三日月とは言えない、半月を少し太らせたような不格好な形。

けれどもそれを三日月だと言ってくれる光希のことが愛《いと》しくて仕方がない。

「でしょー？」

まるで自分が作ったような様子で光希は自慢げに言い、

「じゃあ、おほしさまもどうぞ」

フォークで突き刺したイチゴを差し出してくる。

ありがとう、と言って、遼一はまた差し出されるそれを口に運んだ。

普通のイチゴなのに、特別に甘い気がした。


「格好よく綺麗に焼きたかったのに大失敗して、物凄く落ち込んでたのに、光希は簡単に俺の機嫌を治しちゃうんだから」

遼一はそう言って嬉しそうに笑う。

「そうだったんだ……。遼一さんがパンケーキを焼いてくれたとこまでは覚えてるけど、三日月のパンケーキのくだりは覚えてない」

光希はそう言って首を傾げる。

「じゃあ、その後、残った種で塚田さんがパンケーキを焼いて持ってきてくれたのも覚えてないんだ？」

「うん、覚えてない」

「先に三日月のパンケーキを食べてたから、次のパンケーキが半分も食べられなくて、光希は泣き出したんだよ」

「え！」

「まあ、いつも二枚出ても一枚半も食べられないから、その時の光希の許容量の限界と言えば限界だったんだけど……光希を宥《なだ》めるのが大変だった」

遼一の言葉に、塚田も懐かしそうに頷く。

「そんなこともございましたね」

「覚えてない……」

「まあ、食べたいのにおなかいっぱいで食べられなくて泣くのは、しょっちゅうだったよ」

そう付け足されて、光希は撃沈する。

正直、全然覚えていない。

「その節は…ご迷惑をおかけしました」

とりあえず謝ってみる光希に、遼一は笑いながら、どういたしまして、と返した後、

「今日は、ちゃんと満月のパンケーキを作るから、待ってて」

と、光希の頭を軽く撫でた。

「作るところ、見てていい？」

「ああ」

遼一はそう言うと、手際良く準備を始めた。

「私はあちらで夕食の仕込みをしておりますので、何かありましたらお声がけください」

塚田はそう言うと、作業台を離れた。

光希は遼一の作業の邪魔にならないように、少しだけ離れてその様子を見る。

「遼一さん、普段、お料理したりするの？」

「あんまりしないよ。家にいると塚田さんが全部してくれるし……。大学生の頃、何かあった時のためにと思って、簡単な物は作れるようになろうと思って、塚田さんに習ったりはしたけど、今は時間がないし、本職と比べること自体が間違ってるんだろうけど、塚田さんに作ってもらう方がおいしいからね」

そう言う間も、遼一の手は止まらず、卵を割って卵白と卵黄を分けたり、分けた卵黄を溶いたりしている。

「光希は、料理できる？」

その質問に光希は少し考えた後、答えた。

「すっごくすっごく簡単なのなら」

「そこまで『凄く』を強調されたら気になるな。何を作るの？」

聞かれて、光希は重い口を開く、

「玉子焼とか、スクランブルエッグとか、ハムエッグとか」

「卵料理が多いね」

「だって、おいしくて簡単だし、絶対冷蔵庫に入ってるもん。でも火を通すだけ、俺の方が『料理』って言えるんだよ。和晃《かずあき》は卵かけご飯かインスタントラーメンだもん」

自分でも料理とは言えないレベルだと分かっているから、光希はついムキになって主張してしまう。

だが、遼一はバカにする様子もなく、続けて聞いた。

「ポーチドエッグは作らないの？」

「ポーチドエッグ？」

「お湯に、殻を割った卵を落として、丸い形になるようにした……殻なしのゆで卵って言ったら分かるかな？」

光希は言われた料理を頭の中で検索し、

「んー……ホテルの朝食で、時々パンの上に載ってたりするやつかな？　割ったら黄身がとろって出てくる……」

聞いてみる。

「そう、それ」

「難しそう。お湯の中でボロボロになっちゃいそうだよ」

「練習あるのみだよ。練習して、いつか食べさせて」

それは深い意味などない言葉だったのかもしれないのだが、ポーチドエッグに朝食のイメージがついていた光希は、

『一緒に夜を過ごした朝に作ってほしい』

というような意味合いを勝手に感じてしまって、返事に困る。

「……いつかね…。うまくできるようになるまでは、だめだけど」

ギリギリ何とかそんな言葉を絞り出した。

そんな光希に、遼一は楽しみにしてる、と軽く返してきて、深読みした自分がなんだか恥ずかしくなってしまった。

そんな光希の様子を横目に見ながら、遼一は順調に作業を進める。

ハンドミキサーでメレンゲを作り、それを先に作った生地と混ぜ合わせる。

そこまで行くとあとは焼くだけで——でもその工程が十数年前に失敗した鬼門だ。

「やっぱりいい匂い」

熱したフライパンに種が入れられ、ほどなくして甘い香りが漂ってくる。

「もう少しだからね」

笑顔で言いながら、遼一はパンケーキの表面から目を離さない。

慎重にその時を見極めて、

「うん、そろそろかな」

遼一はフライ返しをパンケーキの底に差し入れる。

「頑張って」

光希が声をかけると、遼一は軽く笑って、パンケーキを落ち着いて、けれど手早くひっくり返した。

「わ、凄い、成功」

綺麗にひっくり返ったパンケーキに光希は拍手をする。

「リベンジ成功だ」

遼一はどこか安堵《あんど》したような様子で言った。

綺麗に焼き上がったパンケーキをお皿に移したところで、遼一は光希に部屋で待つように伝えた。

「仕上げて持っていくから」

「分かった」

「飲み物は……さっきも飲んでたけど、何にする?」

「紅茶、今度は温かいので」

「了解」

「じゃあ、先に行ってるね」

光希はそう言うと、軽く手を振り、奥で作業をしていた塚田には会釈をしてからキッチンを出た。

部屋でソファーに座って待っていると、少しして遼一がトレイを片手に部屋にやってきた。

「お待たせ」

そう言って光希の前に、パンケーキの皿を置く。

「あ……」

光希はパンケーキを見て目を見開き、それから遼一を見上げた。

「可愛《かわい》い」

「今日は、満月のパンケーキだからね」

遼一が持ってきたパンケーキはフルーツと生クリームで飾り付けられていたのだが、スライスしたイチゴでパンケーキの上にはうさぎが作られていた。

「おいしそうだけど…、食べるの、なんか可愛くてもったいない」

ナイフとフォークを手にしたものの、光希はそう言って少し困った顔をする。

「そう言わないで、食べて。光希に食べてほしくて作ったんだから」

遼一は言いながら、光希の隣に腰を下ろす。

「確かにそうなんだけど……、じゃあ、端っこの方から食べよう」

光希は、いただきますと言ってから、うさぎにかからない場所を切り分けて、生クリームを少し載せて口に運ぶ。

「……おいしい…ふわっふわ」

本当においしくて、自然と頬が緩む。

「よかった。これでリベンジ達成だ」

「そんなに気にしてたの？　昔のこと」

首を傾げた光希に、遼一は優しく笑った。

「光希の前では、できるだけ格好よくしてたいからね」

「じゃあ、何も心配ないのに。いつも凄く格好いいから」

それは光希の本音だったのだが、遼一はその言葉を聞いて大きくうなだれた。

「え……、僕何か変なこと言った？」

慌てる光希に、遼一は顔を上げて少し苦い顔をして、頭を横に振る。

「いいや。直球で嬉しすぎることを言ってくれるから、いろいろ込み上げてどうしようかと思っただけ」

そう言った遼一の頬は心なしか赤い気がした。

「でも、本当にそう思ってるし」

いつだって、遼一は光希にとって王子様だった。

それは今も変わらない。

「もう……本当に光希は」

そう言うと光希の肩を抱いてそのまま強く抱き寄せる。

「危ないよ、僕、ナイフ持ってるのに」

「ごめん、ごめん」

謝りながらも、遼一は光希を腕の中に閉じ込めたまま離そうとしない。

「……このままだと、パンケーキ食べられない」

不満げに言った光希に、遼一は苦笑した。

「俺のお姫様は、まだまだ色気よりも食い気だったか」

そう言って腕を離す。

「僕に食べさせたいって言ったの、遼一さんじゃない」

ぷうっと膨れさせた光希の頰《ほお》に、遼一は軽く口づけて、

「そう。だから全部残さず食べて」

「うん。じゃあ、改めて、いただきます」

もう一度言って、一口分、パンケーキを切り分けるとうさぎの片方の耳のイチゴと生クリームを載せ、

「はい、おすそわけ」

笑顔で遼一に差し出す。

それが本当に可愛くて、

「もう……かなわないな」

遼一は言いながら、パンケーキを口に運んだ。

「おいしいでしょ？」

まるで自分が作ったように誇らしげに言うのが、昔のままで、遼一は撃沈する。

「……本当に光希は…、可愛いの禁止」

そう言われた光希は意味が分からなくて首を傾げたが、

「もう、おすそわけいらない？」

とりあえず、それを聞いた。

「……うん。あとは全部光希が食べて」

「じゃあ、遠慮なく」

そう言ってパンケーキを口に運び、おいしい、と言ってニコニコする様子は、初めて会ったパーティーでケーキを口にして喜んだ時と同じで、遼一はこっそり胸の内で、本当にかなわないな……と呟《つぶや》いたのだった。

あとがき

はじめまして、そしてこんにちは。松幸かほと申します。

ルチルさんでは本当に「はじめまして」で、物凄くドキドキしています。うん、いろいろ心拍数も挙動もヤバめです。

あ、挙動がヤバめなのはいつもでした。うぎゃ。

……というこのあとがき冒頭の数行で、大体どういう人間かは分かっていただけたような気がします。

これ以上ここを掘り下げても、残念感しか出てこないので、さっさと話題を変えて今回のお話のことについてなど、ちょっと語ってみたいと思います。

主人公を「ぽやっとしてるけど数学者を目指す大学生」に据えてしまったせいで、どこを切り取ってもド文系の私にとっては未知の領域の存在になってしまいました。だって、私の知っている「数学」とは違う「数学」で……。

なので、雰囲気だけ汲んでいただけたらと思います……（震え声）。

そして攻め様は、ヤンデレを目指したのですが、綺麗に玉砕しました。ヤンデレって難しい……。ちなみにヤンデレは担当I様の好物です。多分、一日一度はヤンデレをお召し上がりではないかと思います（嘘）。

そんな感じでいい感じに七転八倒しながら、ちょこっと子供エピソードなんかも入れてみたりしつつ書かせていただきました。

まあ、本文はいいんですよ、別に（身も蓋も……）。それよりイラストですよ！

もう本当に…鈴倉温先生、ありがとうございます。光希の可愛さと、遼一の残念さを微塵も感じさせない格好よさがたまりませんでした。子供時代のケーキをほおばる光希の愛らしさは、まさに天使です。隣に座る遼一は王子様でした……。そして吉川さんには、ハイヒールで踏まれたいと思います（変態）。

本当に、本当にありがとうございました。


こんなゆるゆるな感じで書かせていただいているのですが、本になるまで本当に多くの皆様のお世話になっております。その全ての皆様に、感謝します。

そして出来上がった本を読んでくださっている皆様のおかげで、こうして小説を書き続けていられます。本当にありがとうございます。

これからも、頑張って、少しでも「幸せな気持ち」になれるようなものを書いていけたらと思っておりますので、どうぞよろしくお願いします。

二〇一五年　脱走ミント駆逐作戦を真剣に立て始めている三月下旬　松幸かほ

✦初出　恋する猫はお昼寝中……………書き下ろし
恋する猫は愛され中……………書き下ろし

松幸かほ先生、鈴倉 温先生へのお便り、本作品に関するご意見、ご感想などは
〒151-0051 東京都渋谷区千駄ヶ谷 4-9-7
幻冬舎コミックス　ルチル文庫「恋する猫はお昼寝中」係まで。

幻冬舎ルチル文庫

恋する猫はお昼寝中

2015年4月20日　第1刷発行
2015年5月20日　第2刷発行

✦著者　松幸かほ　まつゆき かほ

✦発行人　伊藤嘉彦

✦発行元　株式会社 幻冬舎コミックス
〒151-0051 東京都渋谷区千駄ヶ谷 4-9-7
電話 03(5411)6431［編集］

✦発売元　株式会社 幻冬舎
〒151-0051 東京都渋谷区千駄ヶ谷 4-9-7
電話 03(5411)6222［営業］
振替 00120-8-767643

✦印刷・製本所　中央精版印刷株式会社

✦検印廃止

万一、落丁乱丁のある場合は送料当社負担でお取替致します。幻冬舎宛にお送り下さい。
本書の一部あるいは全部を無断で複写複製(デジタルデータ化も含みます)、放送、データ配信等をすることは、法律で認められた場合を除き、著作権の侵害となります。

定価はカバーに表示してあります。

©MATSUYUKI KAHO, GENTOSHA COMICS 2015
ISBN978-4-344-83433-0　C0193　Printed in Japan

本作品はフィクションです。実在の人物・団体・事件などには関係ありません。

幻冬舎コミックスホームページ　http://www.gentosha-comics.net

RB 幻冬舎ルチル文庫

小説原稿募集

ルチル文庫ではオリジナル作品の原稿を随時募集しています。

募集作品

ルチル文庫の読者を対象にした商業誌未発表のオリジナル作品。
※商業誌未発表のオリジナル作品であれば同人誌・サイト発表作も受付可です。

募集要項

応募資格

年齢、性別、プロ・アマ問いません

原稿枚数

400字詰め原稿用紙換算
100枚〜400枚

応募上の注意

✦原稿は全て縦書き。手書きは不可です。感熱紙はご遠慮下さい。

✦原稿の1枚目には作品のタイトル・ペンネーム、住所・氏名・年齢・電話番号・投稿（掲載）歴を添付して下さい。

✦2枚目には作品のあらすじ（400字程度）を添付して下さい。

✦小説原稿にはノンブル（通し番号）を入れ、右端をとめて下さい。

✦規定外のページ数、未完の作品（シリーズものなど）、他誌との二重投稿作品は受付不可です。

✦原稿は返却致しませんので、必要な方はコピー等の控えを取ってからお送り下さい。

応募方法

1作品につきひとつの封筒でご応募下さい。応募する封筒の表側には、あてさきのほかに**「ルチル文庫 小説原稿募集」係**とはっきり書いて下さい。また封筒の裏側には、あなたの住所・氏名を明記して下さい。応募の受け付けは郵送のみになります。持ち込みはご遠慮下さい。

締め切り

締め切りは特にありません。
随時受け付けております。

採用のお知らせ

採用の場合のみ、原稿到着後3ヶ月以内に編集部よりご連絡いたします。選考についての電話でのお問い合わせはご遠慮下さい。なお、原稿の返却は致しません。

✦あてさき

〒151-0051
東京都渋谷区千駄ヶ谷 4-9-7
株式会社 幻冬舎コミックス
「ルチル文庫 小説原稿募集」係